AF607619

LOS RELATOS DE WÉRCAL

LOS RELATOS DE WÉRCAL

Ficciones y realidades

ANA MARTÍNEZ PARRA

ILUSTRACIONES DE
MARÍA ROSA MARTÍNEZ FÁBREGA

Colección Cabezo La Jara, •7•
Huércal-Overa, 2024

© **Edición:** Arráez Editores, S.L.
Las Alparatas, s/n
04638 Mojácar (Almería)
Tlfno. y fax: 950 - 47 94 28
E Mail: *editorial@arraezeditores.com*
Web: *arraezeditores.com*

Con el patrocinio del Ayuntamiento de Huércal-Overa

Encuadernación: Aurelio, Peligros (Granada)

Impresión: Gráficas La Madraza, Albolote (Granada)

ISBN: 978-84-17578-72-5

Depósito legal: AL.: 1144 / 2024

Primera edición: Abril de 2024

A mis padres y a todos huercalenses
que aparecen en los relatos
y que formaron parte de mi niñez.

IN MEMORIAN

PRESENTACIÓN

La vida de las personas en cualquier parte del mundo tiende a seguir una secuencia común: nacimiento, educación y formación, búsqueda de empleo, creación de una familia y preparación para la jubilación y la muerte. Sin embargo, este esquema, aunque fundamental, pasa por alto un aspecto crucial: la realización personal a través de la inmersión en valores culturales y actividades de ocio.

La plenitud de cada persona se alcanza no solo mediante los hitos tradicionales, sino también a través del deporte, el conocimiento y la apreciación de las artes, la literatura, la historia y la conservación del patrimonio cultural y natural. En resumen, la vida humana no se limita a una serie de eventos predefinidos, sino que encuentra su verdadero significado en la búsqueda y la experimentación de diversas facetas culturales, recreativas y de conocimiento que enriquecen de distintas formas a la persona. O sea, realizarse con uno mismo.

En este sentido los libros son una herramienta clave para la formación del ser humano y de las sociedades modernas, y lo será siempre. De ahí que celebremos el Día Internacional del Libro cada año el 23 de abril, porque en torno a esa fecha del año 1616 fallecieron tres de los más grandes literatos de la historia: Miguel de Cervantes, Willian Shakespeare y el Inca Garcilaso.

Con ocasión de este aniversario anual el Ayuntamiento de Huércal-Overa viene realizando diversas actividades de tipo cultural para incrementar la lectura y apoyar a las personas que desarrollan una labor literaria o de investigación, favoreciendo la difusión de sus escritos. Tal es el caso, en esta ocasión, de la autora Ana Martínez Parra, maestra jubilada, antigua concejal y huercalense de corazón, entusiasta del teatro, la poesía y la literatura de relatos cortos, que nos ofrece en estas páginas un hermoso ramo con doce cuentos con el título *«Los relatos de Wércal. Ficciones y realidades».*

Efectivamente más de la mitad de sus páginas son historias netamente huercalenses, centradas en muchos casos en la vida del campo en torno a la rambla del Bobar. Y todos tenemos recuerdos muy parecidos de aquella Huércal-Overa agrícola y ganadera. Creemos a veces que el mundo no ha cambiado, pero lo cierto es que en los último sesenta años lo ha hecho muchísimo. También aparece citada Overa, la cuesta Alta, el pago Las Suertes, Santa María de Nieva, la ermita de la Concepción... En cambio, otros relatos tienen una geografía más lejana, y se desarrollan en puntos como Purchena, Almería, Málaga, Burgos... Interesante resulta la recreación para explicar el origen cristiano-árabe de Huércal-Overa y el origen del étimo *Huércal* en el relato «Los ojos lo decían todo». Pero como toda buena escritora, la ficción domina los textos.

Mi enhorabuena para esta autora que en los últimos años ha sacado a la luz una buena producción de libros y sobre todo por su papel de apoyo y motor del teatro aficionado en nuestro municipio.

La concejalía de Cultura ha hecho un esfuerzo para que este libro se edite a color, para que el lector pueda disfrutar asimismo de las preciosas ilustraciones que nuestra artista local María Rosa Martínez Fábrega ha preparado para esta obra, tanto para su cubierta como para su interior. Son de una belleza sin paliativos, puro arte, colorido y maestría. Mi enhorabuena.

Por último, mi agradecimiento al prologuista del libro Juan D. Pardo Varela, que también viene siendo un pilar importante en la recuperación de la historia y el patrimonio de Overa y su zona de influencia.

Con este libro ya son siete los títulos que el ayuntamiento de Huércal-Overa ha sacado adelante en su colección *Cabezo de la Jara*, en convenio con Arráez Editores, y tenemos en previsión para este año otros proyectos que están a punto de ver la luz. Mi sueño -y el del resto de concejales que me acompañan- de caminar hacia una Huércal-Overa potente y conocida culturalmente está recorriendo los primeros pasos, pero ya empieza a visualizarse.

DOMINGO FERNÁNDEZ ZURANO
Alcalde de Huércal-Overa

PRÓLOGO

Los cuentos, como las ilusiones, son el alimento del alma de las personas sensibles. El contar está íntimamente unido a nuestro pasado personal, al de nuestros seres queridos u odiados, y al de nuestra comunidad. Pero no acaba ahí la permanente maquinaria del contar, del narrar, del fantasear; porque los cuentos son pura fantasía, creatividad, conformación de los universos personales y sociales; sensibilidad en estado puro. ¡Qué hubiera sido de la humanidad sin los cuentos!

Y de creatividad, fantasía y sensibilidad está rebosante nuestra amiga Ana María Martínez, que ahora nos regala un puñado de cuentos escritos en los últimos años. Ella los llama *"Los relatos de Wércal. Ficciones y realidades"*, aunque su ambientación geográfica es muy variada y su ubicación temporal aún más.

Ana es poeta, una gran poeta, que ha plasmado en varios libros su sentir más hondo, que ha abierto su corazón para que salga su pena, su dolor, sus anhelos y, también, sus alegrías. La alegría de estar viva, de participar del rito creativo en todo lo que toca; a todo y a todos los que a ella nos acercamos.

Teatro, poesía, narrativa... todo lo afronta desde una gran sensibilidad y sentimiento; el sentimiento de que lo auténtico nace de las propias convicciones y de la personal manera de ser y de ver. Y estos cuentos tienen como nexo común el "decir" de su autora, su peculiar manera de envolver y narrar hechos tan dispares como sus recuerdos infantiles, sucesos de la época medieval, de la guerra civil y del momento actual.

En su primer cuento «Mi primer viaje en burro» nos hace un repaso a sus recuerdos infantiles, donde la cercanía con personas queridas y momentos de un mundo ya perdido, nos lleva a la Huércal todavía en contacto con el espacio rural.

Hay dos cuentos ambientados a finales de la época medieval: «Los ojos lo decían todo» y «¿Dónde va la vidriera?», que nos recuerdan nuestros orígenes como espacio fronterizo entre dos mundos –el musulmán y el cristiano– y la entrada en la modernidad que suponía el renacimiento.

Y luego un racimo de relatos, entre el misterio, la vida interior de personas sencillas, las pasiones humanas… y unas gotas de la imprevisible tozudez del destino, que nos hacen recordar a grandes momentos de E. Allan Poe, Antón Chejov y, como no, a Julio Cortázar.

Ayer tarde, cuando preparé un té y me puse a leer este libro, no pensaba que me engancharía de tal manera; así que, se quedó medio vaso frío, sin beber, y dieron las diez de la noche con los párrafos finales de «La tapa del azucarero», el último relato. Y es que estas historias enganchan y hacen que el tiempo se contraiga de manera sorprendente.

En las próximas semanas volveré a leerlo despacio, en pequeñas dosis; cuento a cuento. Sacaré muchos más matices, sensaciones y emociones. Porque las personas que hemos vivido grandes épocas de nuestra vida en soledad, que hemos tenido muchas horas para pensar y, sobre todo, para soñar y fantasear con historias y leyendas, este libro de cuentos de Ana Mª Martínez es un buen combustible para avivar el fuego de la imaginación, los recuerdos perdidos y las ilusiones dormidas.

Juan D. Pardo Valera

INTRODUCCIÓN

El presente libro se compone de una selección de relatos que fui escribiendo durante el encierro que sufrimos a causa de la pandemia, relatos que supusieron una auténtica terapia; pues algunos me llevaron a revivir sucesos acaecidos en mi entorno u oídos de mis mayores y, en otros casos, a la invención de historias que podría ser yo misma quien las relatara a las generaciones venideras.

El nexo común de la mayoría de los cuentos es Huércal-Overa, el pueblo en que vine al mundo, en el que nacieron mis antepasados, mis hijos y mis nietos, y personas conocidas a las que nombro (ya fallecidas) con la sola pretensión de que no queden en el olvido por lo que me aportaron; otras personas llevan un nombre que no es el suyo, pero sí cuento el hecho que les concierne tal y como me lo contaron.

Aprovecho para agradecer a mi querida sobrina, María Rosa Martínez Fábrega, las artísticas ilustraciones del libro, por el esfuerzo que le ha supuesto captar el subliminal mensaje que cada relato pretende poner de relieve, y que va precedido de un lema de personajes famosos que con sus palabras dicen verdades incuestionables que nos llevan a pensar el cómo, el cuándo y el porqué de los acontecimientos que no suceden en nuestro quehacer cotidiano.

De igual modo tengo que poner de relieve mi agradecimiento a Arráez Editores en la persona de Juan Grima Cervantes, el cual ha apostado por el libro y me ha aconsejado, circunstancia esta que me hace sentir muy satisfecha con su profesionalidad.

Y, cómo no, al excelentísimo Ayuntamiento de mi querido pueblo que de la mano de nuestro señor alcalde, Domingo Fernández

Zurano, me ha abierto las puertas a formar parte del proyecto de publicaciones de escritores locales a través de la colección patrocinada por el consistorio.

De antemano agradezco a quienes lean estos retazos de mis experiencias y/o invenciones por tener la deferencia de hacerlo. Mil gracias por permitirme dar mi visión de las cosas de mi pueblo.

ANA MARTÍNEZ PARRA
Huércal-Overa, 16 de enero de 2023

RELATOS
SOBRE HUÉRCAL-OVERA
Y OTROS LUGARES

MI PRIMER VIAJE EN BURRO

«La experiencia no consiste en lo que se ha vivido, sino en lo que se ha reflexionado».

JOSÉ Mª DE PEREDA

«Más vale un abrojo de experiencia que toda una selva de advertencias».

JAMES R. LOWELL

Era una mañana del mes de julio de hace muchos años cuando mi madre nos llamó a mi hermano y a mí para que nos levantáramos.

– Arriba niños, hay que desayunar antes de marcharos. El papa Diego está ya aparejando a la burra para ir al pago las Suertes, en el Bobar. Si queréis ir con él no debéis hacerle esperar -dijo con voz decidida.

Al oírla mi hermano menor, Silvestre, se levantó de un salto y se fue a lavarse cara y manos antes de ponerse un pantalón corto con una fina camisa de tela blanca y sus sandalias.

Yo hice lo propio. Mi madre no nos dejaba desayunar si antes no nos habíamos aseado. La ducha con la goma de regar solía ser por la tarde, después de la siesta y antes de la merienda, en la época de verano.

Recuerdo que la casa familiar de la calle Huertos, que más adelante adquirieron mis padres, tenía un hermoso patio o huerto donde proliferaban variadas clases de flores plantadas en distintos parterres delimitados por canalillas. Estas estaban construidas con pequeños ladrillos por los que circulaba el agua. Además, había varios jinjoleros, un limonero, un naranjo borde, un peral, varios almendros y un hermoso parral del que colgaban dulces y apetitosas uvas de dos variedades: la negra, melosa y oscura; y otra blanca, de racimos imponentes, que debían ser protegidos con redecillas para impedir que las avispas y los pájaros dieran buena cuenta de ellos.

Bueno, aclaro la peculiar ducha. Mi madre colocaba una alcachofa de plástico en uno de los extremos de la goma de regar, y el otro extremo lo conectaba al grifo del patio y lo enganchaba como ducha difusora a una rama del limonero. Entonces abría el grifo y nos dábamos una refrescante ducha enjabonándonos con el aromático jabón *Heno de Pravia* o el de *Maderas de Oriente*. El aroma que impregnaba hasta la ropa. ¡Qué recuerdos!

Tras el tonificante encuentro con el líquido elemento, venía la gran toalla, las chanclas de goma, el peine y las gomas para las trenzas. A continuación, la merienda y a la escuela de don José 'el Jurao' a repasar las tablas, el cálculo y a recibir algún que otro correctivo si no hacíamos los deberes o hablábamos más de la cuenta.

Pero hoy era diferente porque no había escuela de repaso y, como nos habían prometido, acompañaríamos al vecino al pago La Suerte. Le llamábamos 'papa Diego', pero no éramos parientes, tan solo vecinos, aunque lo considerábamos abuelo, tal vez, porque a uno no lo conocimos y del otro tengo pocos recuerdos.

Hecha esta aclaración, vestidos y peinados, salimos a la puerta de la calle a esperar que viniera Pepe 'el Balastreras' con sus cabras, para traernos, como cada mañana, la leche. Recuerdo que por aquel entonces los cabreros podían ir por las casas con sus pequeños rebaños y ordeñaban *in situ* las cabras. Era la mejor garantía de que la leche no era adulterada con agua. Para nosotros era todo un ritual, pues la leche ordeñada iba directamente a una pequeña jarra de barro y, sin más consideraciones, la tomábamos así, calentita, recién sacada de la cabra Blanquita, que, por cierto, era negra. El resto pasaba a un cazo de aluminio y mi madre lo ponía a calentar en el hornillo de gas, dejando que la leche hirviera y subiera hasta tres veces a fin de matar cualquier germen. Curiosamente, tanto mi hermano como yo ya habíamos ingerido el sabroso alimento crudo, tibio y sin ningún tipo de aditivo o colorante, y era una acción repetida a diario. Nunca nos sentó mal, jamás tuvimos fiebres de malta.

Finalizado el cotidiano y protocolario acto, nos acercábamos a *cal* Paco 'el Cejas', la tienda de ultramarinos que había frente a la casa, a buscar las onzas de chocolate que se vendían a granel, o la pastilla de *Almendracao*; de allí, al horno de Teresa, a por la barra o la rosca de pan blanco recién cocido para llevárselo a mi madre, que preparaba unos bocadillos que envolvía en papel de estraza. Del cántaro que se llenaba con el agua de la cuba que traían de Chaupí, o recogida de la fuente pública situada en la Pastora o en la Placeta, se llenaba la botella de cristal de *La Casera* que tenía tapón y se colocó en un cesto de esparto junto a los bocadillos y un racimo de uva.

– Tenéis que comeros todo -dijo mi madre más por mí que por mi hermano-. Si no coméis, ya no os dejo ir a ningún sitio más.

Por fin salimos de la casa, yo con el cesto en la mano, y vimos al papa Diego que estaba acabando de preparar al animal. Lo tenía atado a una especie de argolla que sobresalía de la pared de la calle, y le había colocado parte del aparejo; tan solo faltaba ajustar las cinchas de las aguaderas. Cuando finalizó y comprobó que todo estaba seguro, colocó dos cántaros para el agua a cada lado y en los otros dos huecos nos subió a nosotros. Ni que decir tiene que todo resultaba fascinante para mí pese a arañarme con el esparto con el que estaba hecha esta pieza artesanal. Me resultaba también significativo el hecho de que cada cántaro tenía su tapón de corcho e iba sujeto a una de las asas del recipiente con una guita, también de esparto.

– ¡Arre, arre, mula! -dijo por fin el papa Diego-. ¡Vamos que el sol nos va a pegar de lleno!

El animal se puso en marcha para alborozo nuestro y cierta preocupación de mi madre, poco acostumbrada a que nos alejásemos de su lado sin causa justificada.

– Chicos, no os mováis hasta que yo os lo diga -dijo el vecino-. El animal no os conoce mucho y se puede asustar y espantar.

– ¿Qué es espantar? -preguntó mi hermano.

– Salir corriendo -dije yo.

– O encabritarse y tiraros -dijo papa Diego.

Y así, al vaivén del viaje, descubrí que ese movimiento incierto me gustaba. No me movía y solo giraba la cabeza con cuidado cuando quería observar algo. ¡Era fantástico mirar desde esa altura acurrucada en la aguadera! Además de oír la conversación de mi hermano.

– Papa Diego ¿vamos a coger pájaros?

– No, ahora no se cazan los pájaros, eso es al atardecer.

– Me han dicho que están muy buenos fritos, que se cogen con una red.

– Pero Silves, ¿es que no tienes otra cosa en qué discurrir?, no piensas más que en comer. Ahora lo que vamos a hacer es ir a regar y a cortar alfalfa.

– Bueeeno, pero ¿me voy a bañar? -preguntó algo contrariado.

– No, únicamente los pies, ¿me oyes?, aquí no hay balsa, solo podrás meter los pies en la *acieca* -contestó papa Diego.

Me quedé un poco pensativa tras la conversación y salté de pronto:

– Papa Diego, mi madre dice que hay que hablar bien. Que esa palabra no se pronuncia así.

– ¿Qué cosa no se dice, *asína*? -preguntó mientras arreaba al burro.

– Eso, lo que has dicho -contesté.

– ¿Qué he dicho?

– *Acieca*, papa Diego, '*acieca*' y '*asina*'...

– Ah, ¿y cómo se debe decir? Según tu madre...

– Acequia, a-ce-qui-a y así, a-sí...

– Mira cuantas cosas sabes, sigue así, tú sigue así.

La distancia al pago La Suerte era apenas de un kilómetro, pero había que atravesar la N-340 y bajar la cuesta hacia la rambla del Castillo. En la vereda de la rambla del Bobar había unas explanadas donde se encontraban los bancales repletos de diversas plantas y algunos árboles como higueras, granados y perales. Bajo ellos, unas tomateras enredadas en cañas; al lado, asomaban hileras de cebollas; a continuación, varias filas de lechugas que emergían con suavidad en los caballones esperando tener la altura suficiente para ser arrancadas; seguidamente se presentaban las vistosas matas con pimientos picantes, otros de un verde brillante, los "cascúos" rojos y las plantas alegres de las patatas cuya florecilla lucía donosa. Al otro lado de la acequia, un bancal con mazorcas de maíz, popularmente conocidas como *panochas*, que eran utilizadas en su totalidad: el grano para alimento; el *cabirondo* para el fuego;

las *perfollas* para relleno de los colchones; después se extendía una alfombra verde intenso, formada por la humilde alfalfa que se criaba para alimentar a los animales, como los gorrinos, los pollos, las gallinas o los conejos.

El papa Diego dio por finalizado el periplo y nos bajó de las aguaderas al suelo. Al verse libre, mi hermano empezó a corretear por los caballones de tierra divertido de comprobar cómo se le hundían los pies.

– ¡Eh! Silvestrín, no rompas los caballones que entonces se escapa el agua. Mira, ¿ves aquel tablacho?, pues levántalo y verás cómo entra el agua en el bancal y lo riega todo, pero tira de él con *cudiao pa* que no se salga de su sitio -dijo el buen hombre.

Mientras tanto, yo me metía en el bancal de alfalfa buscando las encarnadas mariquitas que corrían por los tallos. Era algo que me encantaba. Aunque he de destacar también la admiración que me causaba el papa Diego cuando empuñaba la hoz con una mano y un manojo de hierbas con la otra, daba un tajo certero y las segaba limpiamente rebanándolas casi a ras del suelo, para ir a continuación depositándolas formando montones que luego ataba con la misma planta y hacía haces que podían ser fácilmente manejados.

– ¡Qué contenta se va a poner 'la Margarita' con tanto verde! -dije intentando ir al ritmo del hombre.

Es una buena comida para los cochinos, sobre todo cuando la abuela Encarnación la amasa con harina de *cebá* y las mondas de las *papas* cocías.

Aún recuerdo el olor que desprendía aquel *brebajo*. Curiosamente no me desagradaba, más bien me gustaba, sobre todo, cuando me dejaban echar algún cazo a los cerdos que acudían con prontitud y, entre gruñidos, daban buena cuenta del preparado.

A los vecinos les llamaba la atención y les hacía gracia verme pulular por el patio a la hora de la comida de los animales y comentaban que a la gente, por lo general, les daba asco el olor que desprendían aunque no mostraba menosprecio ni hacía aspavientos, si veía los orines correr hasta el foso y los excrementos retirados con palas y puestos al sol para que se secaran y luego servir de abono a las plantas.

Lo que me causaba mucha gracia era verlos revolcarse en lo que sería el estiércol y oír su *oink, oink* a la vez que me asombraba que, luego esa carne se comiera o se empleara en la elaboración de chorizos, salchichas, morcones y otros embutidos que servían de alimento para el año, por no decir el jamón, las morcillas o las paletillas.

Pero volviendo a nuestro tema, hay que decir que la mañana transcurrió sin sobresaltos, con carreras para acá y para allá, con los pies metidos en el agua que circulaba por la acequia, con el acarreo de los haces de alfalfa hasta donde esperaba pacientemente el mulo, llenando los cántaros de agua en el pequeño nacimiento y echando en pequeños capazos de esparto algunos productos recién cogidos. Nos disponíamos a volver sin habernos acordado ni una vez del pan y chocolate que tanto gustaba a mi hermano, cuando noté que algo me rozaba en el pie. Miré, pero no vi nada, aunque me dolía muchísimo. El papa Diego cargaba todo bien acomodado en las aguaderas y yo aproveché para meter el pie en el agua una vez más, esperando así que se me calmara el malestar que iba en aumento.

Acabada la tarea de acomodo, el abuelo nos explicó que el viaje de vuelta lo haríamos caminando todos pues el animal estaba muy cargado. Mi hermano cogió las riendas para ir delante dirigiendo la comitiva, mientras que el papá Diego azuzaba detrás dando pequeños golpes en las ancas del animal con una fina vara para que la acémila no quedase rezagada.

Pero yo sentía que el dolor me podía y de cuando en cuando me paraba y comprobaba horrorizada que mi pie cada vez se hinchaba más y la tirantez me dificultaba apoyarlo en el suelo.

Finalmente, me decidí a pedir ayuda.

– Papa Diego, no puedo andar -dije llorosa.

Mi hermano ni me oyó y siguió tirando de las riendas del animal, mientras el hombre se volvía y me encontraba sentada en el suelo tratando de mantener el talón en alto "para evitar que se infecte" -pensaba yo-, aunque no había herida abierta.

– Algo te ha picado -dijo papa Diego mientras me examinaba el pie y daba un silbido para que mi hermano y el animal se detuviesen.

– No he visto nada -dije.

– Ha debido ser un alacrán -dijo- y esas duelen mucho. Veamos qué se puede hacer.

Llamó a mi hermano que acudió presuroso sin soltar el ramal.

– ¡Andaaa! Tienes el pie como una bota de vino. Ya verás cuando te vea la mamá. No nos va a dejar venir más -dijo.

– ¡Cállate! -dije gritando de rabia y dolor- me duele mucho, me voy a morir.

– No te vas a morir, aquí no pasa nada, es una picadura que duele mucho. Te vamos a llevar rápido al pueblo -dijo el hombre mientras bajaba un cántaro, lo escondía detrás de un matorral y me subía a mí en su lugar; luego continuó- ¡arre, arre mula! Y tú Silvestre tira del ramal que hay que subir la cuesta.

Yo noté el traqueteo y me tranquilicé un poco pese a que ahora, además del dolor, sentía que me ardía el pie. Pero eso no fue obstáculo para oír al abuelo que, refunfuñando, decía.

– Me está bien empleado. ¿A quién se le ocurre venir solo con los críos al pago? Menuda mañana me han dado y ahora le pica el bicho. Y es que 'el que con críos se acuesta, *cagao* se levanta'.

En realidad, no habíamos dado tanto jaleo, aunque había que entender que, para un hombre acostumbrado a la independencia de su trabajo, a moverse con libertad, a disfrutar de la paz y la serenidad de la naturaleza, verse obligado a estar pendiente de un par de mocosos que disfrutaban correteando sin conciencia (de que estaban alterando la quietud del hombre), por poco que hiciesen, eran un auténtico incordio.

Para nosotros era toda una aventura, para él, una situación de trabajo elevado a la tercera potencia.

– Papa Diego -dijo mi hermano- me voy a llamar a mi madre -y sin esperar respuesta, soltó el ramal apenas hubimos cruzado la N-340 e iniciamos la subida de la cuesta de la Era.

– No, no, espera, espera, si ya estamos llegando -gritó el hombre.

Pero mi hermano no hizo caso, corría sin volverse a mirar mientras papa Diego se adelantaba para coger la dirección de la mula, refunfuñando.

Recuerdo que el dolor ya era tan grande que lloraba con desconsuelo y con menos contención.

Casi estábamos ya en la Era cuando vimos venir a mi madre y a la hija de papa Diego, Juana, con paso acelerado, pues habían recibido la noticia de boca de mi hermano que informó que yo no podía caminar, aunque no la causa.

– ¿Qué ha pasado? -preguntó mi madre asustada y algo agitada.

– Pues que al parecer le ha picado un alacrán y se le ha *hinchao* el pie y le duele.

– ¡Santo Dios! Eso duele mucho. ¡Ay! mi hija ¿cómo estás? -preguntó aun sabiendo la respuesta mientras se situaba a mi lado y me tomaba la mano.

– Me duele mucho, mamá, no puedo caminar, tengo el pie como una bota -dije gimoteando, pero algo más tranquila al ver a mi madre a mi lado.

– Venga, no os paréis, que hay que llevarla a don José Sánchez Pérez -apremió el hombre.

Tal cual dijo se hizo. No paramos hasta llegar a la calle Huertos donde mi padre se encontraba ya esperando con el coche aparcado frente al horno de Teresa, pues mi hermano lo había puesto en antecedentes; claro, contándole las cosas a su manera. La distancia a la casa del médico en la calle Granada era corta, pero me metieron en el coche y mi padre me trasladó con celeridad mientras yo lloraba cada vez más por el dolor y por miedo.

Don José no estaba en casa pero su mujer, Adelina, lo llamó y acudió con rapidez. Me gustó ver a aquel hombretón robusto de carácter seco, de bigote a la moda del momento, con impecable camisa blanca, corbata y chaqueta que se quitó para enfundarse una no menos blanca bata que descolgó del perchero que tenía en su consulta.

Yo seguía llorando acurrucada en el regazo de mi madre que me consolaba dándome pasadas por la cabeza.

El médico fue amable y considerado mientras me examinaba tumbada ya en la camilla. Después sacó de un armarito blanco con puertas de cristal un tubo con pomada, unas gasas y una venda. Me extendió la pomada por la zona y me lió la pierna. Al acabar, se lavó las manos y se sentó en su mesa, sacó una hoja de papel y con una pluma estilográfica garabateó sobre la superficie nívea lo que era el nombre de algún medicamento.

– Mira, Antonio -dijo extendiéndole la receta a mi padre- ve a que don Pepe Bernal te dé estas inyecciones. Ahora le he puesto una pomada para que la calme, pero necesita esto. Creo que le afecta mucho el veneno del escorpión. Y te llevas esta pomada que se la pondrás cada ocho horas.

– Muchas gracias, don José, ¿cuánto le debo? -preguntó mi padre.

– Nada hombre, esto entra dentro de la iguala -contestó el médico, dándole una palmadita en la espalda-. ¡Ah!, y que no se mueva, reposo, agua y si ves algo raro, no dudes en llamarme. Y tú, pequeña, a ser buena y no vuelvas a jugar con bichos peligrosos.

Todos sabían la predilección que el médico sentía por los niños. Él llevaba mucho tiempo casado y no podía tener hijos.

Salimos de casa del doctor y mi padre con su coche fue hasta la farmacia de Bernal en la calle Mayor, donde Charo, la manceba, le dio lo que había en la receta y de allí rápidamente fuimos casa de don Pedro Mena Mula, en la calle de la Iglesia. Afortunadamente estaba en casa y me pasaron a una habitación donde había una mesa, una camilla, un armario similar al de don José, donde guardaba bandejas, pinzas, rollos de algodón, botes de alcohol y la jeringuilla metida en una caja metálica. Don Pedro era un hombre muy alto, a mí me lo pareció, enjuto, vestido con un traje oscuro, de ademanes serenos y sonrisa bondadosa y afable. Curiosamente no sentí temor al verlo con la jeringuilla; al contrario, yo misma me levanté la falda y facilité el pinchazo que, por cierto, picaba mucho.

– Muy bien, Anitica, eres una campeona, ahora te va a doler menos -me dijo el practicante con amabilidad.

– ¿Cuánto le debo? -preguntó mi padre antes de salir.

– Como hay que pincharle más veces, luego hacemos las cuentas. Mañana iré yo a tu casa a ponerle la otra inyección.

– Muchas gracias -dijo mi padre mientras salíamos a la calle para subirnos en el coche, un Ford, con el que mi padre se ganaba la vida haciendo viajes.

Al rato de recibir el pinchazo y estar ya acostada en la cama, me relajé y me dormí ajena al revuelo que se había formado en el vecindario, donde la noticia de que habían tenido que llevarme al médico en coche y con urgencia, había provocado todo tipo de especulaciones: que me había caído y me había roto el pie, que me había picado un bicho, que la mula me había dado una coz...

Debí dormir mucho porque no recuerdo nada, solo que cuando me desperté sentía una sed tremenda que no se me calmó hasta que mi madre me hizo, por indicación de mi abuela Ana María, una limonada con azúcar.

Estuve varios días en casa sin salir, al cabo de los cuales mi madre me habilitó una hamaca playera para que siguiera en reposo, pero ya fuera del dormitorio y así poder estar más distraída y recibir visitas de los vecinos y amiguitos.

Una tarde, mientras mis vecinas, Juanica 'la Jurá' y Mariquita 'del Borni' estaban en mi casa haciendo encaje y oyendo la novela a la que yo me aficioné por mi situación de reposo, entró mi querido vecino al que llevaba sin ver desde el día de la picadura. ¡Qué alegría volver a tenerlo tan cerca!

– ¿Cómo te encuentras, Anita? -me preguntó con su gesto serio de siempre mientras me alargaba un cestico con unas frutas.

– Ya no me duele papa Diego -contesté con alegría mientras cogía con ambas manos el obsequio-. Muchas gracias.

– ¡Madre mía, qué susto me has dado, hija mía! -dijo su mujer, Encarnación.

– Yo no me di cuenta y no quería decir nada, pero me dolía tanto que no podía aguantar... -dije a modo de excusa.

– No, si eso lo sabemos, a mucha gente no le duele, pero a otras como a ti el veneno le hace mucho daño -dijo la mujer.

– Bueno niña, supongo que *dispués* de esta *experencia* no querrás venir al pago nunca más -dijo el papa Diego con una sonrisa preñada de esperanza de que jamás volviese a querer acompañarlo.

– ¿Cómo qué no? -dije sentándome de golpe en la hamaca-. ¡Claro que sí! Me lo pasé muy bien hasta el momento del bicho.

– Y si te pica otro, o te caes, o se espanta la burra -dijo mi madre.

– Fácil -dije con determinación-. Me pondré las botas katiuscas para que no me puedan volver a picar -y miré de reojo a mi madre que abría los ojos como platos-. Me subiré a la burra con cuidado y no correré por los caballones.

– Mira, tiene solución para todo -dijo el papa Diego.

– Claro -dije- tengo que ir al Pago a ayudarte con la alfalfa, a coger las habas, a arrancar las *papas*. Papa Diego tienes mucho trabajo y ya estás viejo, necesitas ayuda. ¿Y si se cae él, le pica un bicho o se le espanta la 'Flamenca'? Nadie le puede ayudar ¿no? Pues yo tengo que ir porque hay que coger comida para darle de comer a la mamá china para que tenga leche y alimente a sus gorrinillos.

Todos se miraron y se rieron. El papa Diego, dijo:

– Esta tiene casta, no tiene miedo, le parece a su abuela Ana María la del Silvestre 'el Alpargatero' -dijo mirando a la mamá Ía que movía significativamente la cabeza.

Mi padre entró en ese momento y sonrió con satisfacción.

LOS OJOS LO DECÍAN TODO

«El hombre se descubre cuando se mide con un obstáculo».

ANTOINE DE SAINT-EXUPÉRY

«Hemos venido al mundo como hermanos.
Caminemos, pues, dándonos la mano...».

WILLIAM SHAKESPEARE

A veces cabe preguntarse si todo sucede por algo y este es uno de los casos en el que la mente humana, como es la mía, puede caer en la tentación de afirmar que sí.

Veamos: la población de lo que actualmente llamamos Huércal-Overa, situada en una meseta a unos 300 m sobre el nivel del mar, no era tal hace unos pocos cientos de años que es cuando situaremos la historia que relato.

Pongamos el caso de ubicarla cuando en nuestro país no se había consolidado el proceso de reconquista y existían zonas concretas en el sur de la Península donde convivían con cierta armonía ambas culturas, la árabe y la cristiana.

De cualquier modo, vamos a considerar esta una tierra cuasi fronteriza, de un aspecto apetitoso y virgen, que estaba pidiendo a gritos ser ocupada por personas que pudiesen sacarle el máximo partido a su virginidad.

Pues bien, acaso el proceso de ocupación de este rico espacio tuviese lugar cuando un ciudadano musulmán, llamado Omar, y su mujer Jasmine se desplazaron durante varios días de camino desde su originaria Cantoria hasta la pujante ciudad de Lorca, para asistir a un singular enlace entre la hija de un riquísimo comerciante cristiano, don Luis Flores, residente en la misma, y el hijo de un jefe moro de la zona de Mula, Abdú Al Yusuf, que se había aliado con los cristianos, a los que pagaba los correspondientes tributos para poder seguir con su independencia gubernamental.

No era nada usual una unión semejante, pero en esta ocasión, contra todo pronóstico, ambas familias accedieron al enlace porque, además de intereses más o menos manifiestos, estaba el amor de los jóvenes.

Al acontecimiento fueron invitados muchos ciudadanos de ambas culturas y los familiares. Este era el caso Omar Ibn Alí y su familia, que era primo del padre del novio.

Caminaba el matrimonio con su hija única, de apenas 5 años, seguidos de un caballo y una carreta pequeña donde portaban sus pertenencias. Llevaban un par de días de camino y aún quedaban dos jornadas para llegar a su destino cuando, tras cruzar la zona de Overa, siguieron por un camino angosto, pero de trazado preciso que llevaba, tras distintos desniveles del terreno hasta lo que se conoce con el nombre de la Cuesta Alta, zona esta rica en materiales como cobre, cobalto y níquel.

Pasadas una serie de curvas consecutivas atisbaron desde la lejanía las torres vigías sobre una considerable elevación del terreno y, a la izquierda, una planicie al otro lado del cauce de una amplia rambla, la del Bobar, que venía a desembocar en otra que llevaba, presumiblemente, sus aguas al río Almanzora donde confluiría.

Les gustó lo que vieron y caminaron, casi con impaciencia, deseando llegar a aquel solitario paraje cubierto de una vegetación suave y atrayente. Era hermoso poder divisar un entorno plácido, aparentemente fértil, silencioso y alegre que, inconcebiblemente permanecía deshabitado, pese a ser paso obligado de los viajeros que pretendían desplazarse hacia el norte.

Subieron una serena pendiente plagada de mil variedades de plantas aromáticas que alimentaban a los insectos que revoloteaban sobre ellas libando el néctar.

Omar reflexionaba acerca de la quietud del lugar. Era cierto que se disfrutaba de una paz precaria por los continuos enfrentamientos entre los reyes cristianos y los diferentes emires o reyezuelos árabes que se resistían a rendirles tributo. Pero eso eran enfrentamientos a otros niveles, porque lo que era a nivel del pueblo llano, la convivencia no era tan mala como lo demostraba la boda a la que asistirían. En la convicción de que nada sucedería se habían puesto en camino para poder concurrir al acontecimiento tan especial que concitaba la asistencia de una parte muy importante de su familia.

Cuando acabaron de subir a la meseta dirigieron su mirada hacia las torres vigías y vieron soldados. Se sintieron más tranquilos.

Pensaron quedarse allí a pasar la noche y ataron el animal a una estaca clavada en el suelo. Luego, sacaron algunos enseres, una alfombra, una estera de pleita y unos recipientes de barro que contenían pasteles de almendra y miel, algo de carne de cordero y una especie de tortas.

Omar dio una vuelta buscando algún lugar donde hubiera agua y lo encontró a unos cientos de metros, justo a la orilla del camino. Se trataba de una especie de nacimiento que servía para regar un bancal que quedaba algo más bajo y en el que había una vegetación de un verdor exuberante y unas altas palmeras. Bien podía decirse que se trataba de un pequeño oasis lleno de paz y tranquilidad.

Llevó agua al improvisado campamento, buscó algo de leña y encendieron una pequeña hoguera para calentar agua para el té. Sabía que esta zona deshabitada era conocida como Huércal y se extrañaba que nadie la ocupase. Claro, que se decía que como Lorca era tan grande y Overa quedaba tan cerca, la gente rehusaba quedarse en este lugar.

Oscureció y, tras sus oraciones, se echaron a dormir tranquilos, disfrutando del cielo estrellado y del sonido de los grillos y cigarras que cantaban anunciando el calor del momento.

No se acercaron a la fogata, al contrario, pero la alimentaron para que alumbrase sus sueños y, cuando la niña dormía, el matrimonio, comentaba con alegría lo que iban a vivir en la fiesta. Una boda realizada en dos ritos, el musulmán y el cristiano. Nunca habían asistido a una ceremonia cristiana. Era curioso, porque ambos contrayentes habían aceptado seguir cada uno con sus creencias. La verdad es que no entendían nada. Ellos venían de Cantoria y, aunque allí también había cristianos, nunca se habían mezclado. Se respetaban, sí, pero cada uno en su barrio y en su casa.

Lentamente la conversación fue decayendo y todos durmieron hasta que los primeros rayos de sol despertaron a Omar, que fue a buscar agua para el aseo y después se alejó para realizar sus oraciones, mientras Jasmine preparaba el desayuno que realizaron fuertemente porque ya no pensaban hacer paradas significativas. La niña colaboró alegre en ayudar a su madre, luego estuvo corriendo y finalmente, cuando se pusieron en marcha, iba saltando junto a la que le dio la vida. Caminaron apenas unos metros y miraron hacia atrás y a la derecha. Los soldados permanecían en sus puestos.

Cuando ya habían pasado la zona del manantial, antes de llegar a la vaguada que salvaba otra pequeña rambla, notaron un súbito ruido y un temblor que les dejó paralizados. Algunos árboles cayeron dejando sus raíces al aire como tentáculos monstruosos y amenazantes.

Estaban tan asustados que no se movieron. La niña estaba algo más lejos y el padre se adelantó para traerla porque lloraba, llamándoles, pero de nuevo el suelo tembló con tanta fuerza que la tierra se abrió y una grieta abismal se tragó a Omar sin haber podido coger a la niña que gritaba aún más asustada, incapaz de moverse. La madre contempló cómo la tierra engulló a su marido. Se acercó a la grieta y comprobó, con angustia, que no veía el fondo. Lo llamó, pero ninguna contestación obtuvo. Desesperada, dirigió la vista al otro lado de la sima y vio que la niña la llamaba con verdadero pavor. Luego buscó por dónde podía pasar para ir a por ella. Comprendía que ya nada podía hacer por Omar y buscó la forma de rescatar a su hija, cuando, de pronto, la tierra volvió a rugir con fuerza. Esta vez fue Jasmine la que sucumbió bajo el peso de un pino mediterráneo que se balanceó sobre ella golpeándole la cabeza y derribándola de tal forma que el tronco cayó sobre su cuerpo y la aplastó.

La pequeña Fátima seguía llorando sin saber muy bien lo que sucedía. Llamaba a su madre, a su padre, miraba a su alrededor sin atreverse a mover ni un solo músculo de su cuerpo, con los ojos velados por las lágrimas que corrían abundantemente por sus mejillas.

De pronto, otro pequeño temblor la tiró al suelo y, sin atreverse a levantarse, se acurrucó llorando. Nadie acudió a buscarla. Tan súbitamente como empezó, todo quedó silencioso y quieto. Ella también permaneció quieta. Estuvo tan quieta, que se durmió ¿cuánto tiempo? Ella no podría jamás precisarlo.

Unas voces cercanas la despertaron y se levantó buscando de dónde provenían. Su mirada se encontró con la de unas personas totalmente desconocidas que le señalaban. Sintió pánico y trató de esconderse, pero no había dónde. Un corpulento árbol y un abismo era todo lo que tenía por delante.

Dos mujeres, dos hombres, un carro con dos mulas y dos caballos y varias criaturas pequeñas se acercaban con lentitud. No entendía nada de lo que decían.

Se trataba de dos familias cristianas que venían desde los Vélez buscando tierras para vivir. Se habían enterado que se necesitaban personas para repoblar zonas y podrían obtener tierras a bajo precio. Les habían hablado de la existencia de una zona deshabitada atravesada por un camino principal que unía Lorca con otras poblaciones como Overa, ubicada junto al Almanzora, tierra productiva y cruce de caminos.

El terremoto también los había asustado a ellos, pero no habían sufrido daño alguno, aunque sí habían visto cómo el suelo se ondulaba y, en determinados puntos, se quebraba.

La grieta que vieron allí era, desde cualquier punto de vista que se mirase, una auténtica sima y no supieron si se había producido o no como consecuencia del temblor. Lo que no les cabía la menor duda era que algo grave había sucedido porque la criatura que veían era una pequeña mora, a tenor de la indumentaria, que les miraba con unos ojos desmesuradamente abiertos, oscuros como una noche sin luna, rasgados y rodeados de unas pestañas negras inmensas que parecían pedir ayuda. Se acercaron y trataron de entablar conversación con ella, pero no obtuvieron respuesta alguna. Tenía una mirada perdida en el vacío o, tal vez, esa era la sensación que daba, porque en realidad Fátima no apartaba la vista del árbol caído al otro lado de la enorme grieta.

El hombre de la barba más larga pareció darse cuenta de la insistencia de la niña mirando el árbol y se acercó a él, descubriendo con horror un cuerpo bajo el tronco grueso, un cuerpo de mujer que yacía sin vida en el suelo. Comprendiendo que no iba a ser nada agradable, hizo un gesto al otro hombre para que se acercara mientras las mujeres rodeaban a la niña para impedir que pudiese ver el cuerpo de la mujer.

Rápidamente se percataron que el árbol había caído como consecuencia del terremoto y que la grieta del suelo también era posible que se hubiese producido a raíz del movimiento del terreno. Claro que lo que no se les pasaba por la imaginación era que dentro hubiese caído una persona.

Lo que parecía más que evidente era que la niña tenía relación con la persona muerta y que nadie más había cerca para venir a buscarla. La niña estaba sola.

Apareció una patrulla de soldados árabes que hacían la ronda habitual y que, tras el terremoto, habían salido a comprobar el terreno. No hubo ningún tipo de hostilidad. Se notaba que estaban acostumbrados a ver viajeros. Además, parecían agradecer la presencia de gente tras el temblor.

Los cristianos preguntaron por Overa y los soldados les indicaron que quedaba cerca, a unas leguas. Les inquieron el motivo del viaje y los cristianos les dijeron que venían de lejos para comprar tierras. Ninguna de las partes hizo mención a la niña. Posiblemente estos soldados no eran los que vigilaban desde la torre, por lo que no habían visto a la familia acampar la noche anterior. Después, se despidieron.

La niña se quedó con los cristianos que decidieron montar su campamento a una distancia prudencial de los árboles, en lo que vieron más diáfano de la meseta. Varios niños y niñas bajaron del carro y se acercaron con curiosidad a la pequeña huérfana, que cada vez estaba más cohibida y se refugiaba tras las faldas de la mayor de las dos mujeres.

Entre todos colaborando, soltaron los animales de tiro, desensillaron los caballos dejando que pastaran libremente en un bancal cercano. Uno de los chavales, el mayorcito, se alejó del grupo y al poco volvió con la noticia de que había visto un carro con un asno y un caballo árabe solos por el campo. Evidentemente se trataba de lo que llevaban la familia de la niña. Los dos hombres se fueron con el chico y al rato volvieron con la montura y la carreta. Las mujeres llevaron a la niña que, rápidamente, lo reconoció y empezó a llamar a su madre. La mujer mayor la tomó de la mano y trató de preguntarle, pero no obtuvo ninguna respuesta, tan solo lágrimas y silencio.

María, la otra cristiana, se la llevó de la mano donde estaban los otros niños y entre todos recogieron palitos y ramas para encender la lumbre. Pusieron unos hierros encima y sobre ellos un viejo perol muy grande donde abocaron agua para hacer un caldo.

Entre tanto, los hombres habían cogido hachas y se habían ido a cortar ramas del árbol para sacar el cuerpo de la mujer. Con gran esfuerzo lo consiguieron y cavaron una zanja, de forma que el cuerpo quedase mirando a La Meca y de esta manera sepultaron a la mora. Sobre el túmulo funerario colocaron tres grandes piedras.

Ya era muy avanzada la tarde cuando volvieron al campamento. Todos se sentaron alrededor del fuego. María repartió unos cuencos de barro y una especie de cucharas donde fue depositando las gachas y un trozo de carne seca. La pequeña no quiso comer. Rodrigo, el chico que había encontrado el carro y el caballo, se le acercó e intentó que comiera, pero ella no abría la boca. Solo balbuceaban unas palabras, que se entendía que eran para llamar a sus padres.

Todos se retiraron a dormir, excepto uno que se quedó montando la guardia y que sería relevado cada cierto tiempo por otro miembro del grupo. El día había sido especialmente duro y el siguiente se presentaba cargado de tareas que tenían que hacer.

Al amanecer, Martín y Diego tomaron sus caballos y cabalgaron hasta la vecina Overa donde buscaron al alcaide para explicarles la situación y le mostraron la cédula de adjudicación del terreno en el paraje de Huércal. Informaron también del suceso de la mujer aplastada, del enterramiento y de que la niña la tenían en el campamento, así como los enseres encontrados.

Finalizado el procedimiento, regresaron acompañados de la autoridad para tomar cuenta del lugar donde deberían situarse y las condiciones, las cuales eran de mero trámite porque no había peticiones de ocupación, como quedaba patente. Ellos eran los primeros en llegar.

En cuanto a la niña, al no hacerse cargo nadie de ella ni de sus supuestas pertenencias, quedó al cuidado de los cristianos hasta que apareciese alguien preguntando por ella o, si nadie la reclamaba, su ajuar pasaría a manos del grupo en compensación por la manutención de la criatura.

Pasaron los días y los repobladores poco a poco fueron dando forma a lo que iba a ser su casa. Empezaron abriendo zanjas para los cimientos y buscaron por los alrededores piedras de distintos tamaños que amontonaban para cuando tuviesen que ser empleadas en hacer unos asientos fuertes que sostuviesen el edificio. Todos los miembros del grupo aportaban en la medida de sus fuerzas y lo hacían con suma alegría. Era gente sana, de principios humanos y morales, cuyo objetivo era vivir y dejar vivir a los demás. Su moral cristiana les llevaba a realizar las cosas cotidianas desde una perspectiva de solidaridad, caridad y respeto, valores estos que inculcaban a los pequeños del grupo. Agradecer a Dios los dones que recibían a diario era de obligado cumplimiento, sobre todo cuando se sentaban alrededor del hogar para comer.

La pequeña mora seguía sin ser capaz de articular palabra, y pese a que la tristeza no abandonaba su mirada, también colaboraba con ellos, con su nueva y desconocida familia. Nadie sabía si recordaba o no a los suyos porque no era capaz de decirlo, pero la aceptaron como una más y respetaron que no era cristiana, por lo que no le adoctrinaron con ningún signo que pudiese suponer un choque con lo que le habían enseñado antes.

Paulatinamente, lo que posteriormente sería un edificio, iba configurándose. Recibían alguna que otra visita, tanto de los soldados como de las personas de Overa que, con curiosidad, se acercaban a ver cómo iban los trabajos de los nuevos vecinos. En general, la vida transcurría sin sobresaltos, con mucho esfuerzo y jornadas de trabajo inacabables. Nadie se interesó por la huérfana, que se convirtió en un miembro más de la familia. Como nadie sabía su nombre, ni de dónde venía, ni a dónde iba, se hicieron conjeturas acerca de su origen. Sacaron los enseres de la carreta y comprobaron que no eran mendigos; es más, hasta era posible que la niña perteneciese a una familia relativamente bien acomodada.

En cierta ocasión que hablaron con los soldados de la torre, preguntaron qué nombre podrían usar para llamarla, y uno de ellos indicó que, como había sido encontrada, el término en árabe era *Wajadat*. Nadie lo pensó más. Diego decidió que ese sería el nombre con el que sería conocida. Así Fatema pasó a llamarse Waj, de manera abreviada.

Sus rasgados ojos miraban, comunicaban, pero su mutismo era total. A veces la descubrían mirando a la torre más alta y con un hilito de voz pronunciaba *´abi wa ‘umiy*, que interpretaban como ‘mamá’ y ‘papa’.

El tiempo no se detenía y, al cabo de unos años el asentamiento se consolidó y el edificio levantado con esfuerzo y esperanza, desempeñó un papel importantísimo, sobre todo para quienes venían de la zona de Lorca y pretendían ir hacia el sur, Vera, Mojácar o subían desde el cruce de Overa hacia la cuenca del Almanzora con intención de llegar hasta la ciudad de Baza.

Se hicieron agricultores pues el terreno les favorecía que plantaran productos de huerta por la cercanía de la rambla del Bobar en cuyo pago se podían plantar lechugas, judías, guisantes, habas… y trigo para hacer pan y cebada para los animales, a los que criaban en cautividad: patos, pollos, gallinas, conejos y… con autorización especial, un cerdo que cada año sacrificaban por la fiesta de la Navidad y les servía para el consumo.

Era curioso ese oasis de paz y tranquila armonía.

Las mujeres colaboraban también en todos los trabajos y amasaban un pan como en su tierra castellana, de donde provenían antes de llegar a la zona velezana, que poco a poco se fue haciendo famoso y dándose el caso de que hasta personas de la vecina Overa se desplazaban para poder adquirirlo. A cambio, ellos se proveían de los exquisitos cítricos que se producían en las plantaciones de naranjos y limoneros que crecían en las márgenes del Almanzora. En fin, una convivencia sana y una relación vecinal serena y de colaboración.

También los niños fueron creciendo entre salidas al campo a buscar esparto para hacer pequeñas obras de artesanía, a cazar avecillas o conejos para poder hacer un buen guiso, o a buscar caracoles serranos de la zona de Almagro y chapetas en la Ballabona, que cuando las ponían con el conejo hacían unas comidas de sabor extraordinario. Era Huércal en estos tiempos un remanso de paz.

La familia llegada de tan lejos fue, posiblemente, el germen de un posterior desarrollo humano, porque este embrión germinó y creció merced a los emparejamientos entre los descendientes de aquellos emigrantes castellanos y los hijos de los lugareños de la cercana Overa.

La mora, Wajadat, siguió como un miembro más y fue Rodrigo quien quiso seguir cuidándola. Ya se entendían con solo mirarse. Los almendrados ojos de la muchacha eran capaces de expresar cualquier sentimiento sin necesidad de hablar. Sus manos, la suavidad de su sonrisa y el oscuro mirar de sus pupilas hablaban con una elocuencia tal que nadie dejaba de entender lo que ella quisiera comunicarle.

Curiosamente, cuando se casó con Rodrigo, la familia decidió que lo harían por los dos ritos, el musulmán y el cristiano. ¿Quién dijo que esto se realizara de esta forma?... Nadie lo sabe, solamente que se hizo por primera y única vez en la zona, que se supiera, con la particularidad de que la ceremonia por el rito árabe se realizó en un improvisado altar cercano al túmulo de las tres piedras donde yacía el cuerpo de su madre y cerca de la sima (lo que podían ser los saltos de Limpias), que se tragó al padre de Wajadat. El rito cristiano tuvo lugar en una pequeña capilla-mezquita situada a los pies del castillo de Overa, hoy Santa Bárbara. Asistieron la familia al completo y algunos vecinos, atraídos porque era la primera boda cristiana que se celebraba en muchísimo tiempo allí y porque, además, tenía el atractivo de ser personas venidas de fuera y de dos culturas diferentes.

Curiosamente, en un futuro no muy lejano, los nombres de Huércal y Overa quedaron indisolublemente unidos y, hacia 1668, el 3 de marzo, obtuvieron la exención de villazgo, quedando constituida como villa independiente un siglo y medio después de la finalización de la Reconquista.

¿DÓNDE VA LA VIDRIERA?

«Marcharían mejor las cosas si cada cual se limitara a ejercer el oficio que le es conocido».

PLATÓN

«En un espíritu corrompido no cabe el honor. Una vida honesta redime una vida torpe».

TÁCITO

– Nuño, diablo, ¿dónde te has metido con las pinturas?

– Aquí estoy, maestro, es que pesa mucho este costal.

– Pesa mucho, pesa mucho, eres un vago que te entretienes jugando con los pilluelos del pueblo. Así no vas a ser nada en la vida, Nuño -y el maestro se fue refunfuñando hacia dentro de la catedral.

Nuño, era un chico que se había ido de aprendiz al taller del maestro Ramiro Ordoño, uno de los más afamados de Burgos por la precisión que tenía en el arte de la confección de vidrieras ornamentales que tan de moda estaban en plena época renacentista, cuando la evolución de la mentalidad de las personas pasó de ser totalmente centrada en Dios a otra visión más humana, donde, gracias a los descubrimientos y las nuevas formas de pensar, el hombre se situaba en una posición más centrada, es decir, ya no giraba todo en torno al Dios de la época medieval de construcciones sencillas, oscuras, con pocos vanos y pesados contrafuertes en las iglesias destinadas al culto divino. Ahora, la perspectiva era diferente, más abierta al mundo y a sus placeres, y ello se reflejaba en las construcciones civiles más esbeltas y cómodas e, incluso, en las consagradas al culto religioso, pues los adelantos y conocimientos posibilitaron la construcción de espléndidas catedrales.

La labor de los maestros y la pertenencia a los diferentes gremios hicieron que la especialización en los oficios fuera una salida a multitud de trabajadores que se garantizaban así un futuro.

El padre de Nuño había sido aprendiz con el maestro Ramiro, pero no pasó de ahí, porque la mala fortuna le hizo dar un paso en falso en la parte del andamio que estaba ya casi coronando la torre del campanario y cayó con la consiguiente muerte instantánea.

Cuando acudió la mujer, lloró desconsolada por la pérdida del marido, pero también porque se quedaba viuda con cuatro criaturas, siendo el mayor de ellos Pelayo, de ocho años, un niño que estaba siempre enfermo con unas fiebres desconocidas y que le impedían llevar una vida normal. A continuación, con poco más de seis años, estaba el pequeño Nuño, un chaval extremadamente vital y listo, pillo como él solo, pero con un gracejo especial que le hacía ganarse la simpatía de cuantos lo trataban. Después venía Ximena, de tres años, que hacía las delicias de su ya difunto padre por lo cariñosa y dulce que era. Y finalmente la pequeña Isabel, de 5 meses, tranquila y serena.

En esta época del siglo XV la vida era sumamente difícil y, pese a que se les entregó algún dinero de los fondos que solían tener los maestros para casos de necesidad y el resto de los miembros gremiales para socorrer a las viudas, sobre todo con hijos, en el caso de Catalina, la viuda del difunto Fernán, el Consejo decidió, como algo excepcional, meter de aprendiz al segundo de los vástagos para darle una oportunidad.

Y con este menester se encontraba el maestro vidriero que, pese a no tener familia, se vio obligado a acogerlo bajo su tutela con menos de seis años. Con él lidiaba el maestro, más por lástima que por tener la certeza de que podría aprender y ser maestro en algo.

Como niño que era, Nuño corría de un lugar a otro con toda la inocencia de su corta edad. Se escondía por entre las piedras que los canteros recortaban y daban forma, se paraba con ellos, los observaba, intentaba imitarlos, pero sin fuerza y sin que nadie le indicase nada de la técnica a usar. Así, abandonaba el lugar decepcionado. Después se iba a buscar a los carpinteros, o a los transportistas de materiales, o a los que traían el agua… en fin, que estaba en todos sitios menos donde debía, con su maestro Ramiro, el vidriero.

Esa actitud libre le había ocasionado más de un disgusto y algún que otro coscorrón que el maestro le daba con los nudillos de las manos sobre la cabeza.

Esa mañana, cuando salió de su casa, la madre lo sentenció:

– Nuño, el maestro Ramiro no está contento contigo. Dice que si no te portas bien, no te dejará volver a aprender con él y buscará a otro muchacho más trabajador y obediente.

– Madre…

– ¡Calla, Nuño, calla y escúchame! No tenemos a tu padre, que en gloria esté, porque ya sabes la gran desgracia que le ocurrió.

– ¡Sí, madre, ya lo sé!

– Pues no tenemos casi para comer. Yo voy a limpiar a casa de la señora Catalina, esposa de don Beltrán; después lavo la ropa de la familia de don Pedro González y me tengo que ocupar de tu hermana Isabel, mientras que Ximena me ayuda con tu hermano cuando no se puede levantar, ¿comprendes?

– Si, madre, entiendo que trabajáis mucho…

– Mucho, hijo, mucho, y tú tienes que ayudarme portándote bien para que no te echen. Si tú no sigues aprendiendo el oficio, no sé cómo podremos vivir.

– No os preocupéis madre, yo seré el hombre de la familia, desde hoy me aplicaré y aprenderé y ya veréis cómo pongo un rosetón en la catedral.

– Ay, mi hijo guapo, aunque no pongas el rosetón, pero aprende un oficio. Anda, vete ya, que el maestro te va a regañar. ¡Ah!, mira, la señora Catalina me ha dado unas manzanas, te doy una, pero debes comer un poco en el desayuno y el resto en la merienda.

El chico salió con la manzana guardada de la vista de la gente y llegó a pie de obra donde el maestro le esperaba impaciente.

– Vamos, Nuño, hay que venir más temprano. Vete a ver al maestro Diego, a lo del herrero, que te tiene que dar unos hierros curvados. No se te vaya a ocurrir rularlos por el suelo, que te conozco.

– De verdad que haré lo que me decís, maestro.

Se marchó a la herrería donde los golpes martirizaban los oídos, aunque el calor de la fragua encendida invitaba a quedarse sentado un rato. Diego, el herrero, le preguntó si venía a por el encargo de su maestro. Dejó el fuelle con el que avivaba la llama y el martillo, fue al fondo de la habitación donde sacó un pesado aro de casi un metro y medio de diámetro y se lo entregó. Pesaba demasiado para llevarlo en peso. Diego también lo vio así y mandó a llamar a dos de sus ayudantes, un tal Lope, pelirrojo y pecoso, que se pasaba el día renegando, y a Guzmán, un chavalote fuerte, algo simple que cumplía a duras penas los encargos por lo corto de entendederas que era.

Entre los tres se dispusieron a llevar el aro a los pies de la torre. No estaba lejos, pero para llevarlo en peso era duro, de modo que, cuando llevaba tres cuartas partes del camino, decidió el pelirrojo que ya no seguían más, que había que descansar. Se sentaron en el suelo y, en ese momento, a Nuño se le escapó la manzana que con tanto cuidado había llevado dentro de la camisa.

A Lope los ojos se le abrieron como platos y la boca empezó a segregar saliva.

– Dame -dijo con autoridad.

– No puedo, es mi desayuno y mi merienda -contestó Nuño.

– Te he dicho que me la des -amenazó el pelirrojo.

– Pues no te la puedo dar, porque me la ha dado mi madre -protestó Nuño con obstinación.

– Tú, gordinflón, quítale la manzana -dijo el pelirrojo dirigiéndose al otro chico.

– No está bien robar, Lope, ya sabes lo que dice del dómine, «si robamos, iremos al infierno».

– Cobarde, yo se la quitaré.

Y poniéndose en pie salió corriendo detrás de Nuño que, con la manzana cogida entre sus manos, tropezó y dio de bruces en el suelo rompiéndose la nariz.

Lope lo alcanzó y de un tirón quiso arrebatarle la fruta, pero no pudo por lo que le dio varias patadas y se alejó amenazándole con el puño mientras decía:

– Ahí tienes el aro, lo vas a llevar tú solo, ¿me oyes?, anda, veremos qué tal te las apañas, porque este santurrón no te va a ayudar, porque lo digo yo -gritó rabioso el tal Lope y, dirigiéndose al otro compañero, le amenazó ¡Tú!, camina inútil.

Y sin mediar palabra, el pobre Nuño se quedó con su manzana medio chapada, con su nariz rota y el inmenso y pesado aro en mitad del camino.

Se daba la circunstancia de que si se iba a avisar al maestro, el aro se quedaba solo y alguien podía disponer de él. Si se quedaba guardando el aro, el maestro pensaría que estaba de nuevo jugando y lo echaría del trabajo… ¡en qué difícil dilema se encontraba!, porque el tiempo pasaba y nadie aparecía.

Se limpió la sangre con el faldón de la camisa, buscó una piedra con filo y partió la manzana en dos partes. Buscó unas hojas grandes y envolvió la mitad de la fruta y, con paciencia y masticando y saboreando bien, se comió la otra mitad, pero entera, no dejó ni una semilla.

Cuando estaba pensando de nuevo qué solución podía haber, oyó el ruido de una carreta que llegaba y se alegró porque conoció al maestro carpintero, Felipe. Le explicó lo que hacía allí y preguntó si podía llevar el aro en la carreta. Tuvo suerte y entre los dos colocaron el redondel metálico encima del carro y, ya sin incidentes, llegaron a la torre donde esperaba el maestro vidriero que, al verlo, supuso que se había peleado jugando y estuvo a punto de regañarle.

Nuño le contó lo que había pasado en realidad y el maestro se alegró de que hubiese sido valiente y hubiera defendido con tanto ardor lo que era suyo y, sobre todo, que no abandonase el importante aro.

Las cosas cambiaron para bien a partir del incidente porque corrió por toda la gente que trabajaba en la obra de la catedral, la pequeña aventura del chaval y todos lo felicitaron por la gran valentía y responsabilidad demostrada.

Pasaron los días, los meses y Nuño maduraba en fuerza física y en sentido de la responsabilidad. Se interesó por cómo se llevaba a cabo el pulido y el tintado del vidrio y, en sus tiempos libres, empezó a diseñar vidrieras con motivos alegóricos y escenas religiosas que, poco a poco, el maestro fue mirando con mayor atención.

Un día, pasados ya algunos años, Nuño era un chaval esbelto, de inteligencia despierta y una habilidad especial para el dibujo que diseñó la imagen de un andamio y un hombre cayendo al vacío. El maestro lo miró, pero no quiso decirle nada.

En cierta ocasión, Nuño solicitó a su mentor permiso para montar él solo una vidriera y el maestro se lo concedió. El trabajo lo hacía fuera de sus horas laborales, usando candiles y velas de sebo para alumbrarse y poder llevar a cabo su obra fuera de miradas ajenas. El maestro estaba intrigado pero respetaba la individualidad y reserva del muchacho; la madre no entendía por qué venía tan tarde y el hermano mayor lo esperaba despierto para que le contase su secreto.

Estaba ya finalizándose una etapa de la construcción de la grandiosa catedral de Burgos y todos esperaban el momento de la inauguración.

El maestro preguntó a Nuño:

– Qué, ¿cómo llevas tu vidriera?

– Acabada, maestro.

– Pero no me la has enseñado, y ya no quedan vanos que cubrir en el edificio. Yo pensaba que tú querías cerrar uno.

– Maestro, eso hubiese sido una pretensión vanidosa por mi parte ¿cómo un alumno puede poner su pobre creación al lado del de una persona que tiene adquirida la técnica y la ciencia de un magíster?

– En algún momento tú serás también maestro, Nuño.

– Pero no lo soy, solo soy vuestro aprendiz, maestro.

– El caso es que no puedo juzgar la obra que has ejecutado porque no me la has enseñado. ¿No piensas hacerlo?

– Si vos me lo ordenáis, claro que sí, pero si me lo permitís, os ruego que seáis sincero conmigo y si no tiene ningún valor artístico, decídmelo.

– Claro.

Nuño fue a su lugar de trabajo y llevó ante el maestro su obra. La destapó y mostró lo que tantos días le había costado hacer.

El maestro la miró con detenimiento, fijamente, reflejando sus ojos una admiración difícil de disimular. Finalmente habló:

– Es un gran honor que un maestro se vea aventajado por un alumno. Es tu camino, has encontrado un oficio que vas a desarrollar con tal arte que te llamarán de las mejores catedrales que, desde ahora, se puedan construir. Tengo un gran sucesor. Yo ya me retiro y para ti serán mis herramientas y mis secretos porque yo te he intentado mostrar una técnica, pero tú en un solo cuadro me has enseñado a mí que el dolor también tiene su parte espiritual, y esa es la mayor belleza que puede captar un artista, el sentimiento que llegue al corazón del espectador.

– Maestro…

– Si muchacho, me has honrado a mi como maestro que debía enseñarte la técnica, pero tú has honrado a la profesión de los constructores y a tu padre dejando constancia de que en el mundo de la creación de belleza para honrar al Creador, también hay dolor que no se ve por ninguna parte. Hablaré con el arzobispo porque esta realidad también tiene que tener su espacio, Nuño, te lo prometo.

– Gracias maestro, muchas gracias.

– Gracias os doy yo a vos, maestro Nuño, por lo que me acabáis de enseñar.

DIFÍCIL DECISIÓN

«El miedo es natural en el prudente,
y el saberlo vencer es ser valiente».

ALONSO DE ERCILLA

«No hay espectáculo más terrible
que la ignorancia en acción».

JOHANN W. GOETHE

No era fácil recorrer el camino que conducía al viejo torreón. El tiempo, el azote de los vientos permanentes, el abandono del lugar y la salvaje vegetación crecida sin control, dificultaban el paso hacia el montículo donde se situaba la ruinosa construcción. Andrés, sin embargo, avanzaba con sigilo, como si temiese que alguien o algo delatasen su presencia en la zona.

A medida que avanzaba el sonido de las olas, estrellándose contra el acantilado, se inquietaba. Amaba el mar y su inmensidad, la brisa que daba un toque especial cuando rozaba con mimo la piel, el sabor salado que se quedaba en los labios… pero este encuentro alteraba sustancialmente la percepción y cambiaba el salobre por un amargo toque que le hacía daño en la misma garganta.

Al llegar al pie del torreón sudaba pese al clima benigno y agradable. Se sentó buscando resguardarse, tanto del sol como de la humedad marítima y pegajosa. Sintió sed, pero comprobó, contrariado, que había olvidado llevar una botella de agua. Rebuscó en la mochila y solo encontró una manzana arrugada, algo blanda por el tiempo que estaba en el fondo de la misma.

– Algo es algo -pensó, y con una pequeña rama practicó en su superficie un agujero que le permitió ir sorbiendo lentamente el jugo de la fruta.

Esperaba una visita. Miró a su alrededor, pero todo estaba igual que cuando llegó. Miró la nota, pero nadie se había puesto en contacto con él aún. Las indicaciones primeras habían sido precisas cuando salió del pueblo en que se refugiaba.

– "Debes ir a la vieja torre cuando nadie te vea, permanecer a cubierto de miradas indiscretas, esperar a que alguien te dé nuevas instrucciones…"

Y así lo había hecho. Ahora buscó la forma de subir a la parte alta de la torre para tratar de otear sin ser visto.

– La escalera para poder subir está impracticable -dijo para sus adentros- ¡cuánta desidia y dejadez hay con respecto a los monumentos!

Con cuidado fue buscando los lugares más seguros donde asirse y, por fin, coronó el torreón. Se sintió como el ganador de una batalla contra el secular abandono de los restos construidos antaño por otros habitantes de la zona.

Cuando logró alcanzar la parte alta del edificio el viento la había azotado con fuerza tal, que casi lo tambaleó y poco faltó para que cayese por el lateral.

Se recompuso, colocó las manos sobre los ojos y dirigió la mirada hacia las casas que blanqueaban en la ladera de la desgastada montaña. Prestó atención a la carretera porque le pareció que un coche se desplazaba hacia la entrada del pueblo. Desapareció en un recodo tras una leve meseta donde crecían pinos mediterráneos y formaban un pequeño bosque que mitigaba el aspecto seco de la zona, con ese verdor tan especial que poseía esta variedad arbórea.

Decidió descender con la misma precaución que había utilizado para ascender; algunas piedras se desprendieron y rodaron por el camino. El estruendo que provocaron no le gustó y aminoró el paso para no hacer ruido innecesario. Cuando ya estuvo sobre el suelo volvió a dirigir la mirada hacia la carretera y, luego, hacia el camino. No venía nadie, así que decidió echarse a descansar a la sombra de la torre y se quedó adormilado.

El sonido de pasos en el camino lo despertó sobresaltado. No lo habían visto, eso era seguro, se escondería dentro de las ruinas de la torre y trataría de observar los acontecimientos. No se fiaba ni de quien lo había citado, ni de quienes se acercaban a su encuentro.

Procuró colocarse tras la destartalada ventana de la primera planta para ver sin ser visto. Se estaba poniendo nervioso, la luz había empezado a perder su brillo y el sol seguía su carrera hacia el ocaso, como era normal al paso de las horas.

Los latidos de su corazón sonaban estridentes en sus sienes y temió que los que se acercaban pudieran notarlo y descubrirlo. Pero era solo su percepción porque lo que seguía sonando era el batir de las olas contra las rocas en el exterior y la brisa moviendo las partículas de arena que, al chocar contra materiales duros, producían un sonsonete especial que acompañaba como un etéreo coro la soledad de la zona.

Los visitantes se acercaban sin ocultarse, seguros de que nadie los vigilaba. Venían hablando desenfadadamente. Traían sobre los hombros varias herramientas y una especie de bolsa de gran tamaño.

– Por fin hemos llegado -dijo uno de aspecto desaliñado con cabello largo hecho trenzas.

– Ya tenía ganas. Aquí hace fresco, pero la caminata... -comentó el otro que parecía dirigir la acción.

– Bueno, ya estamos aquí, ahora solo tenemos que cavar un agujero y esperar a que salga la luna para enterrarlo.

Desde la ventana el hombre se estremeció. ¿Acaso venían para matarlo a él? ¿Por qué? Si no había hecho nada en toda su vida, ni bueno, ni... malo, pensó tratando de autoconvencerse. ¿Qué clase de broma era? Su corazón luchaba por salírsele por la boca.

– Todo será fácil. Un golpe seguro con el cuchillo en la aorta. Luego, se envuelve y se entierra -dijo el de las trenzas.

– No podemos fallar o lo vamos a pasar mal, muy mal, el jefe no nos perdonará un error. Recuerda que nos va la vida en ello.

– Pues este trabajo no me agrada mucho, yo nunca he matado.

– Siempre hay una primera vez -dijo el cabecilla sin darle mucha importancia al comentario del de las trenzas.

Entre tanto, el que se ocultaba sintió que la saliva no le bajaba, notaba la boca seca y, sin embargo, no pudo evitar notar el pantalón mojado.

– Me estoy meando patas abajo del miedo que tengo -pensó horrorizado.

Los golpes dados en el suelo le hicieron sentir aún con mayor fuerza el miedo y, a cada golpe, su corazón se exaltaba y hacía que los oídos le zumbasen como si un panel de abejas estuviese metido en su cabeza.

– Vamos, Trenzas, dale a la mano que tenemos que acabar la fosa antes de que se ponga el sol. Todo debe estar listo para cuando aparezca la luna en el cielo -dijo el jefe.

– Ya pico, ya pico, pero debe haber roca debajo. Mira que la manía de hacer todo un ritual complejo con lo fácil que es acabar con él y enterrarlo sin más… -protestó el de las trenzas.

– Tú pica y calla, que se te va la energía por la boca. El encargo es el que es y nosotros cumplimos.

Un ritual, de modo que pretendían acabar con él mediante un ritual satánico, pero ¿por qué? Se ahogaba, pero no se atrevía a moverse.

La luz estaba ocultándose demasiado rápido. Él se sentía preso en el torreón. No podía moverse. Nadie sabía que estaba allí. ¿Qué sucedía? Su cabeza estaba paralizada. ¿Quién le escribió? ¿Para qué? ¿Qué sucedería si lo descubrían ahora? Metió la mano en el bolsillo del pantalón y comprobó que la misiva estaba allí, pero la sacó para mirarla una vez más. La posición poco equilibrada facilitó que el papel se le cayera como un guijarro e hiciera un sonido que, por el ruido que había fuera de los hombres picando, pasó desapercibido para tranquilidad del hombre.

– Esto parece que ya está, ¿no te parece suficiente?

– Cavaremos un poco más, es preferible echar un poco más de tierra que dejar alguna parte del cuerpo fuera de ella.

El crepúsculo creaba sombras alargadas y las voces fantasmagóricas provocaban al pobre Andrés una creciente inquietud.

Era raro que nadie hubiese comprobado si estaba o no allí la víctima del sacrificio. No quería cerrar los ojos, aunque tampoco se veía nada en el exterior. Los hombres continuaban con su tarea y al rato se sentaron en el suelo. Parecía que esperaban a alguien, pero no apareció nadie por el camino, ni luces, ni sombras nuevas.

Desde su escondrijo detrás de la ventana empezaba a tranquilizarse hasta que uno de los hombres encendió una antorcha que sacó de la gran bolsa y la clavó en el suelo junto a una gran roca; luego, encendieron varias más y, de pronto, como aparecidos de la nada, un hombre tirando de un caballo se acercó a paso lento.

– Bueno, ya veo que todo está preparado -dijo con voz profundamente afectada.

– Sí señor, tal y como lo había encargado usted -precisó el encargado.

– ¿Ha visto alguien algo? -preguntó.

– No, para nada. Nadie hay por estos apartados lugares.

– ¿Lo habéis comprobado? ¿Habéis mirado por todas partes? Os ordené que lo revisarais todo, no quiero ni un solo testigo que pueda decir nada de lo que se va a hacer aquí esta noche.

– Llevamos horas aquí y ni un alma.

– Vale. Vamos a prepararnos. Poneos las túnicas, sacad el arma y el pañuelo para taparle los ojos.

– Sí señor, todo lo hemos colocado sobre esa roca limpia que hará las veces de altar.

Las antorchas iluminaban sombras oscuras encapuchadas que se movían con sigilo y preparaban lo que iban a utilizar en el sacrificio, pero ¿a quién iban a sacrificar? De nuevo a Andrés le asaltó un mayor temor y confusión: oía pequeños rezos y una antorcha dando vueltas alrededor del altar que, tras realizar varios círculos, empezó a alejarse en dirección a la puerta de la torre que llevaba a la primera planta donde el testigo se escondía desde hacía horas.

– Trae a la víctima -se oyó decir.

Esas tres palabras significaban la condena de muerte y tembló, castañeteó los dientes y a punto estuvo de abandonar el lugar donde estaba para intentar subir hasta la parte más alta de la torre. Sin embargo, el miedo agarrotaba sus músculos y no fue capaz de mover ni uno solo.

Le palpitaban las sienes y un profundo dolor en el pecho le estaba quitando la vida. Fue una descarga fulminante. Se quedó con la cabeza ladeada y los labios amoratados.

– Vamos, es el momento -se volvió a oír la voz fuera del torreón.

Se procedió a traer a la víctima, una vieja yegua en un estado lamentable, sorda, ciega, enferma.

– Tápale los ojos y túmbala sobre la mesa.

– Ya tengo preparada la jeringuilla y el cuchillo -dijo el de los pelos trenzados.

– Procedamos, pues -dijo el encargado.

– Un momento -dijo el dueño del animal-. Necesito un tiempo para pedirle perdón por lo que vamos a hacer, aunque sé que entenderá que lo hago para que no sufra mi amada Flora. Estoy seguro que tenerla volviendo a la tierra es más humano que llevarla a un matadero.

– Cierto, señor.

El veterinario hizo su cometido, durmió a Flora, el Trenzas afiló el largo cuchillo y procedió a rebanar la yugular; después la velaron para honrar el buen trabajo y la lealtad para con su dueño. Enterraron el cuerpo cuando los primeros rayos del sol aparecían en el horizonte. La naturaleza cubriría su cuerpo y facilitaría que volviese a formar parte de otro cuerpo.

Unos días después alguien subió a la torre. No se percató del montículo señalado con una roca que se extendía a los pies de la misma.

Trató de subir por la peligrosa escalera para echar una mirada desde la ventana que miraba al mar, pero tropezó con el cuerpo de un hombre con los ojos desmesuradamente abiertos. Se diría que había muerto de miedo a la misma muerte.

– ¡Qué muerte ha tenido este! Un ajuste de cuentas, seguro -dijo en voz alta mientras marcaba el número del comandante de puesto de la Guardia Civil del pueblo-. Sí, mi comandante, hay un muerto, seguro que es el que buscan, el que no iba en la barcaza del alijo.

– ¿De veras? -se oyó una voz exaltada-, pero, dime, ¿es conocido?

– No lo vas a creer, Parrado, no lo vas a creer si te digo que el es el Andrés 'el Simplón'. ¡Las cosas que hay que ver en la vida! Hasta los simples negocian con el diablo.

LÁMPARA DE ACEITE

«El único peligro real que existe es el hombre mismo».

CARL G. JUNG

«La imprudencia precede a la calamidad».

APIANO

Noche de invierno en el municipio de Purchena hace casi siete décadas. El viento sopla en el exterior. Una mujer, Mª Manuela y la vecina, la Pepa, están sentadas haciendo punto al amor del calor que desprende un brasero de carbón colocado a los pies. Una niña de apenas un año y medio se encuentra correteando alrededor. De pronto la bombilla que pende del techo se apaga. La oscuridad es casi total, solo relucen los carbones encendidos en el brasero.

– Se fue la luz, voy a buscar una vela o una mariposa. Pepa, coge a la cría, que no se acerque al brasero -dice la dueña de la casa, mientras enciende una cerilla sacada de una cajita del bolsillo del delantal y se alumbra hasta la cocina.

– Ten cuidado, no vayas a quemarte.

– Lo tengo, pero no encuentro ni una vela. Voy a encender la lámpara de aceite. No pierdas de vista a la nena. Que el brasero está en medio, Pepa.

– Tranquila, mujer, que yo estoy aquí.

– Es que tengo que echar aceite al depósito y preparar la torcía. ¿Te cuento una cosa?

– Sííí, dime.

– Decía mi abuela que estas lámparas eran un gran adelanto porque alumbraban más y ahumaban menos que las velas. Tienen un depósito de latón ligero que se puede limpiar muy bien. La mecha se impregna del aceite y arde. El cristal, vamos, la tulipa, protege la llama y alumbra mejor.

Mientras va explicando, acaba de preparar el lucernario prendiendo la mecha engrasada y coloca el cristal transparente para llevarlo hasta la sala.

Cuando la mecha arde con firmeza y la luz es visible y clara es el momento de subir el asa aislada del resto del recipiente para llevarla sin peligro de que pueda quemar.

La mujer se dispone a hacerlo cuando la estremecen los gritos de la niña. Con rapidez sale corriendo con la lámpara en la mano. Los temores se cumplían. La niña estaba aún sentada sobre las brasas gritando de dolor y miedo.

Con mayor claridad en la estancia las mujeres levantaron al bebé entre gritos y reproches.

– No has tenido cuidado, mira que te lo había advertido… mi niña, mi hija -sollozaba la madre.

– La tenía en mis piernas sentada, al ver la luz se ha tirado, ha sido un instante, lo juro -lloraba Pepa- ¡Dios mío, Dios mío!

Ambas se afanaban en desnudar a la criatura que lloraba a voz en grito. Al acabar de quitarle la ropita quemada comprobaron que lo que tenía más afectado era el culito, que presentaba un aspecto preocupante.

La madre las envolvió en un chal y, pese al frío, corrió llevando a la criatura boca abajo hasta la casa del practicante, seguida de la vecina, que portaba la lámpara en alto alumbrando el trayecto.

El practicante vio la gravedad de las quemaduras y recomendó llevar a la criatura a un médico dermatólogo. Él mismo llamó al taxista del pueblo y al padre de la niña para informarle del traslado hasta Lorca. Llamó, igualmente, al médico de la piel, doctor Blesa, que accedió a verla.

La lámpara de aceite fue testigo mudo de este suceso que, finalmente, tuvo un desenlace feliz gracias a la pomada del diablo que se usó para mitigar las quemaduras y curar la piel de la nena, que estuvo mucho tiempo durmiendo boca abajo.

EL TICKET DEL APARCAMIENTO

«Se equivoca profundamente quien crea
que establece mejor la más duradera autoridad
por la fuerza que por un pacto amistoso».

TERENCIO

«Al brillar un relámpago nacemos
y aún dura su fulgor cuando morimos:
¡Tan corto es el vivir!».

GUSTAVO A. BECQUER

13:12:01

El coche se deslizaba por la gran avenida García Lorca respetando sistemáticamente las señales de circulación. La mujer permanecía atenta a los semáforos, a los peatones y a su propia conducción.

Vio la señal que indicaba la cercanía de un aparcamiento subterráneo; justo tenía la bajada en el lateral del quiosco 18 de Julio. Puso el intermitente mientras disminuía la velocidad para poder encarar la curva descendiente de acceso al parking.

Cerca de la máquina expendedora de tickets detuvo el vehículo, bajó la ventanilla, alargó la mano y esperó que la máquina expulsara el correspondiente a su coche. Se levantó la barrera, pudo entrar y buscó un lugar donde aparcar.

Maniobró con determinación, aparcó y salió cerrando la puerta del vehículo mientras abandonaba la zona.

Se sentía algo incómoda porque tenía una cita con el notario y llegaba algo justa de tiempo. Tenía que obtener un poder para representar a algunos clientes, por lo que le gustaba llegar con antelación y revisar los documentos a fin de ganar tiempo y no tener que volver.

Gozaba de fama de ser muy habilidosa y seria en la gestión de temas de propiedades que se le encargaban, por lo cual su despacho estaba bien servido de encargos que le reportaban beneficios para vivir con comodidad.

Salió del aparcamiento y, con su cartera en la mano, caminó con determinación hacia el lugar donde se situaba la notaría, justo en la Puerta de Purchena, un edifico moderno y exclusivo.

No obstante el retraso, paró en la terraza para tomar un café y, por casualidad, allí estaba uno de los clientes con el que había quedado primero para comprobar que todo estaba correcto y así entregarlo a la secretaria de la notaría para que preparase el poder y que lo firmasen los interesados.

Revisaron los datos, comprobaron que eran correctos y se dirigieron a las oficinas, los entregaron a la señorita Josefina, la ayudante, para que procediese a prepararlos rápidamente y pasarlos al notario, que se los leería a los clientes antes de poder ser firmados.

Toda la mañana transcurrió con el mismo ritmo frenético de diligencias notariales. Antes de que se pudiera dar cuenta, Natalia se despedía de su última cita del día y se dirigía a un restaurante cercano donde había quedado con un presunto nuevo cliente. Llegó a donde habían acordado y ya la esperaban. Natalia se adelantó a saludar a la persona con la que había quedado. Se sentaron ambos y en seguida el camarero vino a apuntar lo que necesitaban.

– ¿Qué nos propone? -preguntó al camarero.

– Pues hay fritura de pescado, sopa, gallo-pedro a la plancha, pez espada con patatas…

– Por mí, -dijo la mujer- tomaría algo ligero, tengo que coger el coche para volver a mi despacho y no me gusta comer demasiado. Luego me da modorra y eso no es bueno para conducir.

– En ese caso, señorita, le aconsejo un gallo-pedro a la plancha con una ensalada de endivia, tomatito cherry y aguacate con embrujo de vinagre de Módena y uvas pasas -dijo con determinación el camarero-. De postre…

– Nooo, por Dios, ya va bien, con lo que me ha dicho me irá bien -contestó Natalia-. ¿Y tú? -preguntó a su acompañante.

El hombre la miraba con admiración. Evidentemente le gustaba y su mente estaba en otro espacio cuando le preguntó.

– Yo, no sé… bueno, lo mismo que usted, pero con postre. ¿Qué hay de postre? -se dirigió al camarero que esperaba pacientemente con el móvil en la mano para anotar y pasar rápidamente el pedido a la cocina.

– Bien, señor, le pido lo mismo. Ahora le informo que para postre tenemos fruta del tiempo, tartaleta de frutas confitadas, *coulant* de chocolate, helado casero de turrón…

– No siga, ya sé, quiero probar ese helado de turrón.

– Y para beber, ¿qué desean?

– Agua, deseamos agua sin gas -dijeron ambos, como si se hubiesen puesto de acuerdo.

– De acuerdo, ¿les traigo algo para picar mientras viene lo que han pedido?

– Agua, fresca, y lo que tengan para estos casos.

– Perfecto.

El hombre se alejó y Natalia sonrió a su acompañante. Resulta que se conocían desde hacía tiempo. Él siempre había mostrado su predilección por ella, sin embargo, la mujer rehuía cualquier conversación o momento que le diera pie a poner de relieve sus intenciones. Se diría que ser conocidos no implicaba un trato diferencial cuando el motivo del encuentro estaba relacionado con el trabajo.

Pero al hombre pareció que podrían empezar hablando de un tema que estaba dando que hablar en el ámbito provincial.

– Es descabellada la idea de Josu de separarse de Marga, ¿no te parece? -preguntó yendo directamente al terreno personal y dejando a un lado el trato ceremonioso de la conversación. Creo que entre ellos hay más cariño que amor y tienen derecho a experimentar sensaciones nuevas. Se merecen otra oportunidad.

– Ya me imaginaba que lo verías así. Tú eres muy moderna.

– Te equivocas, yo soy independiente, libre y coherente. Si no amo a una persona, ni la voy a engañar a ella, ni me engañaré yo -contestó con convicción.

– Tal vez lleves razón. Y, a propósito de razón, entiendo ahora que no desees que te diga lo mucho que me gustas.

– No empieces otra vez. Lo hemos hablado infinidad de veces. No soy persona de ataduras. Necesito mi espacio, tú lo sabes…

– Lo sé, pero no puedo conformarme. Eres la mujer de mi vida y, a veces, tengo la sensación de que como estás segura de ello, te complaces en atormentarme, en jugar con mis sentimientos.

– Es tu opción creer lo que te parezca. En cualquier caso, no hemos quedado para hablar del tema, ¿recuerdas? Tú estabas interesado en mi coche.

– ¡Ah!, sí, lo había olvidado, es que cuando estoy junto a ti se me obnubilan los sentidos -dijo con rabia.

– Pues despierta y pongámonos a hablar de negocios. ¿Cuánto me das por el coche? Tiene solamente dos años.

– Ya lo sé, ¿cuánto quieres por él? Aunque me parece una frivolidad cambiar tan pronto de coche. ¿Para qué quieres tú un cuatro por cuatro? Es un coche excesivamente grande para ciudad y además…

– No sigas que te conozco. Voy a cambiar de coche y deseo vender el que tengo. El uso que le dé es cosa mía.

– Esta es mi Natalia -dijo el hombre en tono entre burlón e irritado-. Cuando hayamos comido lo veo, lo llevamos al concesionario y que lo tasen.

– Me parece correcto. Lo tengo en el parking del 18 de Julio.

El camarero trajo unas aceitunas con almendras, unas patatas fritas y una botella de agua fresca. La abrió y echó en los vasos. Después se alejó.

– Bueno, ¿te puedo preguntar si tienes algún proyecto interesante? -dijo Pablo, que era el nombre del acompañante de Natalia.

– Puedes -contestó ella.

– Dime, ¿de qué se trata? Me intrigas.

– Muy sencillo, voy a aprovechar mi tiempo libre para viajar. Tengo una idea que me ronda la cabeza. Voy a escribir un libro y necesito conocer, acumular información, investigar y, para ello, viajaré.

– ¡Ah! Se trataba de eso. Yo pensaba que ibas a participar en algún rally -dijo Pablo.

– Pues es una idea interesante, lo tendré en cuenta, menuda aventura sería -sonrió ella con cierta complacencia.

No hubo más conversación porque el camarero empezó a servir lo que habían pedido. Después, el teléfono de Natalia sonó inoportunamente.

– ¿Diga?, sí, soy yo misma… ¡ah!, perdona, no había reconocido el número, dime, soy toda oídos… -se levantó de la mesa haciéndole un gesto a su acompañante que se limitó corresponderle con uno de incomodidad.

– Si, atiende a tu hablante, yo mientras como, pero abrevia que, si no, no vas a poder comer.

Ella se alejó y mantuvo una conversación en la que se notaba una cierta crispación. Cuando regresó se sentó y empezó a comer con poca gana.

– Algo te ha cambiado, ¿es grave? -preguntó el hombre mirándola directamente a los ojos.

– No, no te preocupes, son gajes del oficio -respondió ella tratando de recomponerse-. Acabo de comer y me marcho, no podré ni tomar café. Otro día será.

Abrió el bolso y sacó un par de billetes y los fue a dejar sobre la mesa, pero una mano firme se lo impidió.

– De este me encargo yo, tu acude a tu entrevista.

– Gracias, primor, eres muy considerado, pero mi comida…

– ¿Qué comida? Si apenas la has probado.

– Otra vez será, muchas gracias, pero me esperan…

Y se alejó a paso ligero, enérgica, con aire decidido y cimbreando su cintura elástica y graciosa.

Llegó a la zona del aparcamiento, bajo la escalera, se paró a pagar, pero cuando buscó el ticket no lo encontraba.

Empezó a preocupase.

Tenía costumbre de ponerlo en la cartera. Miró y remiró. ¿Dónde lo habría colocado? Puso el bolso boca abajo en el suelo y no apareció nada. Se acercó a la ventanilla de entrada para preguntar qué se podía hacer en caso de extravío del papelito dichoso.

La respuesta fue la que ya sabía, no podría sacarlo del parking, al menos hasta demostrar que el vehículo le pertenecía y, para ello,…

No lo pensó dos veces, salió y pidió un taxi para llegar a tiempo a la entrevista con la persona que la había llamado por teléfono mientras estaba esperando que les sirviesen la comida.

Por fin llegó a la zona de Retamar, al *hall* del hotel. Un hombre se le acercó.

– ¿Señorita Olmo? -preguntó.

– Sí, soy yo -dijo-, pero yo no he hablado con…

– No, no hemos hablado, pero soy yo la persona que necesita asesoramiento legal -dijo el hombre.

– ¿Puede ser más explícito? -preguntó, con cierto desasosiego.

– Puedo -contestó.

– Dígame entonces, pero si lo considera bien podemos sentarnos en aquella mesa que parece un lugar tranquilo -sugirió ella con intención de dilatar el tiempo y ver la situación desde una perspectiva realista.

– Me parece muy bien -contestó apartando la silla para que Natalia se sentara y, después, lo hizo él-. Verá, ando buscando un abogado que me defienda en un juicio que tengo sobre tráfico de estupefacientes.

– Me parece que se ha equivocado de persona, tengo la carrera de Derecho, en la especialidad de herencias y gestiones de tipo inmobiliario, no en penal -contestó entre asustada por estar frente a frente ante un traficante y aliviada porque no era su especialidad.

– Me han hablado de su capacidad de negociación y de la seriedad de su trabajo…

– Pero eso no significa que sea habilidosa en los temas judiciales de otra clase de delitos, como el que me presenta. Lo siento -dijo Natalia con aparente seguridad.

– Me temo señorita que no voy a admitir un no por respuesta, la estoy contratando para que me defienda. Si es por dinero, no hay problema, dígame su minuta. Si necesita un socio que la ayude, contrátelo, yo pago, pero usted debe encargarse de mi tema.

– Tengo la sensación de que no me he explicado bien…

– Se ha explicado perfectamente y yo también ¿comprendido?

– Señor…

– Ferrer, soy Federico Ferrer, un descuido por mi parte no haberme presentado. Disculpe.

– Muy bien, señor Ferrer, le voy a ser clara y concisa. No llevo temas penales, no me interesan, solo me desenvuelvo a gusto en temas sociales y no estoy dispuesta a cambiar mis deseos. Hay verdaderos especialistas entre mis colegas que estarán encantados de representarle. Ha sido un placer. Ahora debo marcharme.

– No quiero a otro colega, la quiero a usted y estoy dispuesto a hacer lo que sea preciso para hacerla cambiar de opinión -dijo con firmeza el señor Ferrer.

– Bien, hasta siempre, que tenga suerte y encuentre lo que anda buscando, señor -y se levantó sin darle siquiera la mano.

– Hasta pronto señorita Natalia, porque nos veremos muy pronto.

Natalia se alejó con una pésima sensación. Salió a la calle y agradeció el sol, aunque no supo hacia dónde dirigirse para alejarse rápidamente del lugar. Parecía que sentía la mirada dura del señor Ferrer clavada en su nuca y se estremeció. Lo que le faltaba, no tenía ya problemas con los herederos peleados a los que debía poner de acuerdo, que ahora aparecía un mafioso de la droga exigiéndole que lo defendiera.

De pronto recordó que había venido en taxi. Sacó su móvil y llamó a la central para que le mandasen uno. Mientras, esperó entretenida mirando el móvil, paseando por la acera frente al hotel. Súbitamente un coche descapotable de una marca cara se paró a su lado.

– La puedo llevar a Almería -dijo una voz familiar.

– ¡Ah!, señor Ferrer, es usted. No gracias, estoy esperando que vienen a buscarme ya. Que tenga usted un buen día -dijo poniendo fin a la conversación y siguió mirando su móvil.

El coche se alejó con rapidez y Natalia respiró tranquila. Cuando llegó el taxi, subió y fueron hasta donde tenía su coche aparcado. Sonó su teléfono de nuevo.

– ¿Dígame?, ¡ah!, eres tú Pablo, disculpa por lo de la comida, dime, ¿cómo?, no entiendo, ¿que lo tienes tú?, Dios, ¿dónde estoy? A la entrada del aparcamiento, vale, vale, te espero, sí, claro, y tomaremos café, tengo que contarte una cosa…

– Me has intrigado, no te muevas, estoy ahí en tres minutos.

– No sé cómo piensa que me voy a ir, si no puedo sacar el coche. Con razón no encontraba el ticket, si resulta que lo tiene este botarate de Pablo, me está saliendo el día a pedir de boca.

Se sentó algo más tranquila en la terraza del 18 de Julio y pidió una cerveza, aunque ya estaban recogiendo. Mientras esperaba dio un repaso a lo sucedido en el hall de hotel y le pareció todo demasiado fantástico, como un mal sueño. Seguro que cuando lo contara en el despacho y a Pablo habría un total revuelo. Pero le extrañaba que su amigo tuviese el ticket, no recordaba en qué momento se lo había dado.

– ¡Eh, Natalia! -dijo Pablo desde el otro lado de la calle.

– Hola, Pablo, ¿traes el ticket?

– Míralo, aquí lo tengo -dijo el muchacho aireándolo.

– Menos mal, no recordaba habértelo dado…

– No te preocupes, hay veces que olvidamos lo inmediato. Tú vas demasiado acelerada.

– Será -contestó Natalia levantándose para cruzar la calle por el semáforo de la esquina y acercarse al lugar donde Pablo la esperaba.

– Toma tu ticket. Y ahora que estoy aquí ¿qué te parece si echo un vistazo al coche?

– Estupendo, acompáñame.

Un coche elegante aminoró la marcha para pararse ante el semáforo en rojo.

No habían llegado a la puerta de acceso al aparcamiento cuando sonó un silbido que chocó contra la frente de Natalia. No hubo más sonido que el coche que arrancaba a gran velocidad sin esperar a que el semáforo se pusiese en verde.

Natalia cayó al suelo, los ojos desmesuradamente abiertos y un río de sangre bajándole por entre los dos ojos hasta la barbilla. El ticket en la mano. La gente se arremolinó alrededor ante el asombro de Pablo, que no acertaba a decir más que:

– Natalia, Natalia, Natalia… el ticket, ¿qué ha pasado? ¡Dios, si no respira! Una ambulancia, por favor, socorro, auxilio… ¿qué ha pasado? -decía desesperado.

– Le han disparado desde un coche rojo -dijo alguien de entre los curiosos que se arremolinaban morbosamente.

– ¿Cómo? Un disparo, ¿por qué? -preguntaba Pablo fuera de sí.

Nadie pudo contestar a esa pregunta. Pablo tomó el ticket de la mano inerte de Natalia. ¿De qué había servido que se lo cogiera del bolso cuando ella hablaba por teléfono?

En un coche conducido a gran velocidad, un Mustang azul, que se dirigía hacia el aeropuerto, sonó las manos libres.

– Señor, misión cumplida, la chica ha caído, el hombre que la acompañaba…

– Es un pobre hombre, nada peligroso, ha cumplido con lo que se le encomendó, no sabe nada de nada.

El coche siguió su camino conducido por el tal señor Ferrer que, con malévola sonrisa, se decía para sí: «Nadie da la espalda a Ferrer y vive para contarlo. Y mucho menos una estúpida mujer».

LAS MANGAS DEL CHALECO

«La estupidez es una roca inexpugnable:
todo lo que da contra ella se despedaza».

GUSTAVE FLAUBERT

«Obra siempre de modo que tu conducta
pudiera servir de principio a una ley universal».

IMMANUEL KANT

Frasquito caminaba meditabundo por la vereda que conducía al viejo molino junto a la rambla del Bobar donde solía refugiarse buscando, en esta soledad vespertina, el consuelo a sus desengaños, miedos o sufrimientos.

En otras ocasiones, era el sepulcral silencio del viejo y destartalado camposanto quien ponía la voz a su soledad y frustración.

La verdad es que no se podía decir que fuese un "lumbreras", no, pero tan tonto como lo ponían sus conciudadanos, tampoco era. Simplemente había sido un niño soñador, sensible, lento de reflejos y tímido, muy inseguro y timorato, hecho este que habían aprovechado los avispados de su edad para ponerle en evidencia cada vez que se les venía en gana.

Paquito, como le llamaban en su infancia, se crió en un cortijo a las afueras del pueblo y su distracción eran los animales. La madre se fue a servir a la ciudad y volvía muy de tarde en tarde; el padre ya había desaparecido al poco de nacer el crío y nunca más se supo de su vida.

El bueno de Paquito fue como una mata del campo creciendo al cuidado de los viejos abuelos y del mastín labrador que encerraba el ganado.

Pasó el tiempo, murieron los abuelos, la madre, mientras Teresa dejó de venir a verlo porque rehízo su vida. El chico se quedó solo y pasó a ser Frasquito 'el del Molino', aunque no tuviese semejante empleo o propiedad, y siguió siendo el centro de las chanzas y maledicencia de los lugareños.

Aunque a él no parecía importarle, sufría y ahogaba sus penas en algún que otro trago de aguardiente, un retiro al viejo molino, un paseo por el camposanto charlando mentalmente con los difuntos o con Miguel el campanero y sacristán. Este era un personaje huérfano, venido de algún hospicio, con la cara deformada por marcas de viruela y que estaba bajo la tutela del cura del pueblo por encargo expreso del señor obispo de la diócesis.

Pero hoy el día era especialmente triste porque se había quedado sin ese amigo, Miguel 'el Sacristán', que se había marchado al otro mundo sin darle tiempo a cumplir con la tarea que mejor sabía desarrollar: tocar las campanas mañaneras con las que avisaba a las gentes de que era hora de saltar de la cama para prepararse e iniciar la tarea cotidiana.

Pensaba Frasquito qué sería ahora de él sin 'el Miguel'. Caminaba cabizbajo y de cuando en cuando daba una patada a algún canto o peñasco que encontraba en su camino.

Porque el trabajo de Miguel era tan importante que nadie se levantaba en el pueblo si no oía el tañido de las campanas de la iglesia, una de ellas de sonido grave y casi lloroso, y la otra, más aguda y cantarina. Todos esperaban oír el *tam, tam* junto al *ding, dong* para abrir los ojos.

Aunque esa mañana se produjo un hecho insólito: no hubo sonido alguno y solo cuando el sol se encontraba ya muy alto en el horizonte, la luminosidad inundó los cuerpos de aquellas almas que reposaban soñando tranquilamente en el lecho.

Súbitamente, el que más y el que menos, dio un salto comprobando que pasaba ya la hora del inicio del trabajo y, como si un resorte les impulsara, salieron a medio vestir a la calle coincidiendo todos en la plaza del pueblo. Había estupor en las caras y desorientación. Se miraban sin comprender.

Vieron venir al cura corriendo recogiéndose la sotana para no tropezar y caerse. También él venía de reposar su orondo cuerpo en los brazos de Morfeo a tenor de la hinchazón de sus ojos semi cerrados aún.

–¿Qué ha pasado? ¿Dónde está Miguel que no ha tocado aún las campanas estando el sol ya tan alto? -dijo a los que allí estaban, que se encogieron de hombros sin saber qué contestar. Luego, prosiguió ante el silencio de los presentes-. Seguro que este buen hijo de "quien sabe quién será su madre" se ha dormido después de zamparse la sangre de Cristo que tenía en la sacristía para la misa -dijo con sumo enojo el cura.

– Nadie lo ha visto, señor cura -dijeron por fin algunas voces.

– Es posible que ande de francachelas con el Frasquito -dijo una feligresa seca como un sarmiento y vestida de negro como una viuda, conocida por el nombre de Catalina 'la de la Cuesta', -ayer por la tarde los vi pasar, con el perro ese viejo del Frasquito, camino del molino persiguiendo, decían, un conejo para asarlo.

– ¿El Frasquito?, es verdad, no me había percatado que no está aquí -cayó en la cuenta el bueno de don Serafín-. ¿Sabe alguien dónde estarán? Seguro que cenaron anoche el conejo regado con el vino de la iglesia y ahora estarán durmiendo la "mona" -dijo con determinación.

– Pues seguro que los encontramos durmiendo -dijo la mujer-. Que alguien se acerque a la casa del Frasquito.

Se inició la búsqueda, pero el campanero no aparecía. Llegó el bueno del Frasquito y se unió al grupo, que ya empezaba a sospechar que alguna desgracia había pasado.

Buscaron por todas partes. Pasaron horas recorriendo los lugares donde presumiblemente estaba cuando no hacía sus funciones de ayudante del párroco. Finalmente, alguien tuvo la idea de recorrer la casa del párroco y la iglesia. Lo encontraron en la torre junto a sus campanas, cogido a las cuerdas que no había llegado a voltearlas pues un infarto fulminante había acabado con su vida.

Hubo un revuelo en el pueblo y el cura pidió perdón a Dios por su precipitado juicio cuando lo acusó de haberse bebido el vino de la iglesia.

Frasquito lloraba desolado mientras se procedía al levantamiento del cadáver. Nadie reparó en él, ni en su desesperación. Por eso se alejó y buscó su espacio para pensar en soledad.

Al cabo de un tiempo el acontecimiento fue perdiendo interés, la normalidad se instaló de nuevo en la localidad y el cura propuso a Frasquito para que se ocupara de tocar las campanas y ayudar en la iglesia. No agradó al muchacho la encomienda, pero no se atrevía a decir no al cura, de modo que se dirigió al ayuntamiento con la intención de hablar con Fermín, el alcalde, para que, en su nombre, comunicase al cura su decisión. Por el camino se encontró con Jacinto, el policía municipal que lo acompañó hasta la casa consistorial. El concejal de servicios, Diego 'el de la Agustina la viuda', se unió al grupo y juntos entraron en el despacho del primer edil.

– ¡Hombre, Frasquito, ¿qué te trae por el despacho tan bien acompañado?

– Pues verá, señor alcalde…

– Frasquito, déjate de protocolos y llámame por mi nombre, que somos amigos de toda la vida.

– Si, cierto, pero la autoridad es la autoridad y…

– ¡Déjate de monsergas y dime!

– Pues… es que yo no quiero ser ayudante del cura, ni tocar las campanas, ni ayudar en los entierros, ni… ser monaguillo, por eso he venido a pedirle que se lo diga al cura, que no sirvo para esos menesteres.

– ¿No? Pero ¿por qué? -preguntó Diego 'el Concejal'.

– Porque no puedo hacer todos esos trabajos y no me atrevo a decírselo a don Serafín.

– ¡Hombre Frasquito, si tienes tiempo y no es difícil -apuntó el alcalde!

– Pero no puedo...

– Eres muy tímido, pero no necesitas hablar, solo tocar la campana -dijo Diego-. Además, puedes ganar un dinerillo.

– No puedo, es imposible -insistió Frasquito.

– Eres fuerte, joven y creyente, no veo inconveniente -dijo perplejo el alcalde-. Cualquier hombre del pueblo querría ese trabajo.

– Pues que se lo den a esa persona, para mí es imposible hacerlo -contestó un poco contrariado el hombre.

– No entiendo ese planteamiento de que no puedes hacerlo, Frasquito -dijo Fermín dándole un golpecito en el hombro.

– No hay mucho que entender, no quiero hacerlo y en paz -contestó el bueno de Frasquito, que empezaba a sentirse incómodo porque de nuevo nadie quería entenderlo.

– Si te dignas a explicarlo, tal vez comprendamos.

– Pues es sencillo, se trata de mi atuendo -dijo Frasquito.

– ¿Qué le pasa a tu atuendo? -preguntaron los del grupo.

– Que llevo chaleco -contestó.

– ¿Y eso?

– Pues eso, que yo siempre llevo chaleco.

– ¿Y qué? -preguntaron con ansiedad mal controlada los presentes en el despacho, sin entender nada.

– Pues que para hacer todo eso de ayudar hay que tener... mangas -contestó bajando la cabeza el pobre Frasquito.

– Pues vaya un problema -dijo el alcalde en un alarde de haber encontrado la causa de la oposición a la propuesta hecha por el párroco al Frasquito.

– ¿No es un problema? -inquirió incrédulo.

– Yo no lo veo como problema -dijo el alcalde, y se dirigió con la mirada a los otros dos hombres presentes- ¿y vosotros?.

– No, alcalde, yo no lo veo -se apresuró a decir el concejal.

– Yo tampoco, claro que no. Todo eso es una manía tuya, Frasquito -dijo en un tono casi condescendiente el municipal.

– De modo que no es un problema -dijo con voz audible el buen hombre- perdón, pero yo si lo veo como problema. A misa hay que ir con mangas, y a los entierros y...

– ¡Hombre, Frasquito! No seas pajolero y pusilánime, que tengas chaleco no implica que no puedas hacer todo eso.

– ¿No? -se asombró.

– No, no, claro que no -enfatizó el alcalde-. Es cierto que no se va a determinados sitios como tú vas, pero eso se arregla de inmediato.

– ¿De verdad?, ¿cómo? -preguntó con un cierto deje de esperanza.

– Madre, ¡qué torpeza la tuya! Frasquito, eres incorregible, no piensas ni por un asomo. Bájale las mangas al chaleco, hombre de

Dios. ¡Más fácil imposible! Que no piensas paisano, que no piensas -alardeó el alcalde encendiendo un puro que tenía en la mano y salió dejando a los otros tres perplejos mirándose de hito en hito.

– ¿Bajarle las mangas a un chaleco?, y eso... ¿cómo se hace? -dijo Frasquito mientras se rascaba la cabeza por debajo de la boina-. Si un chaleco no tiene mangas. Estos políticos... ¡qué «pena» tienen con sacar mangas donde no hay telas!

¿QUIÉN QUIERE CAFÉ?

«El poder, la más completa de las servidumbres».

GEORGES CLEMENCEAU

«Donde hay envidia no puede vivir la virtud
ni donde hay escasez de liberalidad».

MIGUEL DE CERVANTES

–¿Quién quiere café? -preguntó con convicción Roberta.

No obtuvo contestación de ninguna de las asistentes a aquella imprevista invitación.

En realidad, todas estaban allí de puro compromiso. A nadie se le escapaba que la citación para verse no era un acto social deseado por la anfitriona, pero todas esperaban para ver cómo se iba a desarrollar la reunión y, todas, absolutamente todas, tenían poderosas razones para no estar allí, razones que se guardaban por temor.

Roberta era muy poderosa, no solo a nivel económico, también lo era a nivel personal porque poseía un fino olfato para detectar qué se tramaba en su contra y poner remedio contundente a la acción. Roberta era Roberta, lo había sido siempre, estaba acostumbrada a conseguir todo aquello que le venía en gana y no dudaba ni un solo instante en utilizar todas las armas a su alcance. Su vida era un torbellino de amor y odio, un permanente tira y afloja por hacerse ver y notar.

Vivía sola en una impresionante mansión que sus padres le habían regalado siendo aún muy niña y que ocupaba desde el día que había cumplido los dieciocho años.

–Pero bueno, ¿nadie toma café? -inquirió con una sonrisa de dudosa afectación.

Obtuvo un desagradable silencio como respuesta.

Y es que Roberta no perdonaba ni una mala jugada que le hicieran y, más bien pronto que tarde, hallaba la forma de resarcirse de lo que ella entendía que podía ser un ataque a su persona o a sus intereses.

Todas las que estaban allí lo sabían, claro, lo mismo que en el ánimo de cada una de ellas bailaba el hecho de haber atentado contra Roberta cuando, con motivo de su toma de posesión como la presidenta de la empresa familiar, ninguna acudió al evento a pesar de haber sido invitadas personalmente por la interesada. Las cuatro amigas lo habían acordado en venganza por las acciones que la protagonista, en distintas ocasiones a lo largo de su vida, se había encargado de demostrarles: que ella era la única, la reina del grupo.

Carla, la hija de un inmigrante italiano que se había hecho de un cierto capital gracias a su trabajo, a un golpe de suerte y a una pequeña empresa de helados, conoció a Roberta en el colegio privado donde ambas se hicieron inseparables hasta que apareció en la clase la Felisa, Feli para los conocidos, hija del notario de la ciudad, que había venido trasladado desde un pueblo y eso ocasionó un gran revuelo en la familia, que se sintió deslumbrada con las opciones que ofrecía la urbe, especialmente la chica, que en poco tiempo había seleccionado un grupo de amigas muy especial. Las tres se sintieron mutuamente atraídas, cada una por una razón, pero la verdad es que se complementaban. Lucía era una chica que gozaba de una beca porque poseía una voz extraordinariamente bella y asistía al elitista colegio gracias a ello. La aceptaron en el grupo más porque, con su prodigiosa voz, solía amenizar las reuniones, que por otro interés de índole social, pues su familia era de economía tan precaria que jamás se relacionaba socialmente con las familias de las otras chicas. Mery era la auténtica empollona, seria, inteligente, trabajadora, la que llevaba el peso académico del grupo porque tanto Roberta, como Carla y Feli, eran menos dadas al estudio y más a planear cómo pasarlo de la mejor manera del mundo.

La vida de todas ellas había ido discurriendo con sus vicisitudes, pero nada las había separado hasta ese momento en que Roberta tenía que poner de relieve que era la reina, la ganadora y las necesitaba a su lado para brillar en todo su esplendor. Pero ellas no habían ido. Los celos, la envidia, la venganza, se podía llamar de cualquier forma el pecado, pero este afloró justo en el momento que tenía que aflorar, cuando a Roberta le podía doler más y ellas disfrutar más con ese dolor.

– Pero, bueno, ¿alguien quiere café? -volvió a preguntar Roberta impacientándose.

– No, no me apetece, gracias -contestó por fin Mery.

– A mí no me gusta, ya lo sabes -dijo a media voz Lucía.

– Es que me duele un poco el estómago y el café me sienta regular -dijo algo displicente Carla.

Y volvió a reinar un pesado silencio. Roberta se movía en el ambiente con la desenvoltura que le era característica.

– Bueno, pues yo sí me tomaré un café -dijo.

Se fue hacia la mesa auxiliar y se sirvió una tacita de café y un poco de azúcar. Después, con ella en la mano, volvió a su sillón y con estudiado ademán tomó un sorbo. Sonrió.

Las demás permanecían atentas observándola. Roberta disfrutaba con la situación.

– Os preguntaréis para qué os he invitado, si ya no tengo nada especial que celebrar -dijo con una fingida sonrisa.

El ambiente se enrarecía cada vez más y nadie sabía qué decir. No cabía explicación alguna. Simplemente no habían ido. ¿La razón? No había razón que justificara el menosprecio al que habían sometido a la magnífica y todopoderosa Roberta.

– Bueno, no os he llamado para pedir explicación por vuestro desaire. No. Voy a presuponer que cada una de vosotras tenía un deber inexcusable. No, no lo voy a presuponer, estoy convencida, porque también sé que ninguna hubieseis dejado de ir a mi nombramiento de no ser así. Porque sois mis amigas, ¿verdad?

Silencio de nuevo. Era una actitud sarcástica la de la anfitriona y todas lo sabían. Aunque el tono condescendiente que empleaba nunca se lo habían oído. Siempre se mostraba altiva y orgullosa. Cuando hablaba sentaba cátedra por la firmeza y vehemencia con que defendía su postura y, ahora, por vez primera, parecía conciliadora, comprensiva. Para las amigas algo no encajaba en el puzle y eso las tenía desconcertadas y preocupadas. Roberta siguió con su monólogo.

– Lo sois, estoy plenamente convencidas, pero si teníais causas mayores debíais habérmelo dicho, porque me preocupé por vosotras. Imaginaros. Yo pensando, "no llegan, no llegan, tal vez han tenido un accidente y estarán en el hospital mientras yo aquí celebro mi triunfo". Creedme si os digo que no lo disfruté, que me sentí muy mal imaginado que estabais moribundas en el hospital.

Las tres mujeres se miraron de forma significativa, mirada que no pasó desapercibida a Roberta, que se dio cuenta inmediatamente que la táctica que estaba empleando las estaba descolocando totalmente, cosa que le alegró internamente y trató de no sonreír para que no trascendiera el momento de triunfo que estaba viviendo al hacer que las amigas no la reconociesen en su nueva faceta.

– Pero me alegro mucho de que no fuese esa la causa, claro, aunque también la causa real haya sido de difícil solución. Si, ya sé, ya sé que no me habéis dicho nada de las dificultades por las que atravesáis para no preocuparme y que disfrutara plenamente mi gran logro, mi triunfo, pero me hubiera sentido mejor si hubieseis sido más francas y me hubieseis pedido ayuda.

Las amigas ya se miraron como preguntándose de qué estaba hablando. Roberta deliraba porque a ellas no les había pasado nada. Simplemente habían acordado vengarse y aguarle la fiesta, nada más.

– Sí, amigas mías, ya lo sé todo. Sé que a ti, Lucía, te han cancelado el contrato que tenías para cantar esta temporada en el Teatro Real porque alguien ha dicho que tienes un nódulo en la garganta que te impide cantar a pleno rendimiento. ¡Qué pena, querida! Si me lo hubieses dicho, ya lo hubiese arreglado yo, porque ya sabéis que poseo muy buenas amistades.

Lucía empezaba a darse cuenta de la jugada. De modo que ella era la instigadora de por qué realmente el contrato se había cancelado, pero no el día de la toma de posesión de Roberta, no, se lo habían comunicado tres días después, aunque ella no había relacionado el caso.

– Y tú, mi querida Carla, has debido decirme que la deuda que tenía la empresa de tu padre con el banco estaba a punto de vencer y que necesitabais una firma con solvencia para pedir renovarla y yo, qué duda cabe, hubiese avalado el préstamo para que reflotaseis el negocio. ¡Ya no se puede hacer nada!, tantos años de sacrificio y ahora el banco se queda con el negocio, todo por no venir a decirme la verdad a mí, a tu amiga de toda la vida. ¡Lamentable!

También Carla había conocido de boca de su padre las dificultades que tenían y que cuando fue al banco a renovar la hipoteca que tenía preconcedida, esa misma mañana le había llamado para comunicarle que, por investigaciones acerca del rendimiento del negocio, no veían posibilidad alguna de seguir con el proceso porque nadie iba a responder por él si no podía pagar.

– Y ¿qué te puedo decir a ti, Mery? Soy conocedora de que la plaza que ocupa tu padre en esta ciudad, como notario, no la tiene en propiedad, sino que ejercía en sustitución del propietario que estaba en una excedencia especial porque se estaba dedicando a cuestiones de índole política y vuelve para hacerse cargo de ella, por lo que tu padre deberá volver a la suya en el pueblecito que la tenía. Pobre Mery, probablemente hasta tengas que volver con ellos y con un nivel de vida mucho más bajo, porque en los pueblos, naturalmente, hay muchísimo menos trabajo.

Era cierto que hacía un par de días habían tenido noticias de la circunstancia y que a su madre le había disgustado tanto la noticia que le había dado un ataque de ansiedad y la habían tenido que llevar al médico.

– Lamentablemente, el destino caprichoso se empeña en torcer la vida de las personas, y yo, yo lamento profundamente que esta desviación insospechada tenga que separar a unas amigas del alma... -comentó con cierto sarcasmo.

Las tres se miraron y bajaron la cabeza.

– Pero bueno, no todo va a ser desagradable. Estoy deseando oír vuestras carcajadas contando las anécdotas de cuando nos conocimos. Porque la separación física no significa que no podamos seguir con nuestra amistad de siempre, sobre todo porque yo no tendré ningún inconveniente en acudir a visitaros allá donde estéis. Es fundamental seguir con nuestra amistad, aún más allá de los inconvenientes que la vida pueda presentarnos, incluso, yo diría que más allá de la muerte, ¿No os parece? Por tanto, no os aflijáis y vamos a tomar café.

Nadie movió un solo dedo y, a pesar de ello, Roberta se dirigió a la mesita y llenó cuatro tazas de café y le puso unos azucarillos. A continuación, se volvió hacia las amigas que mostraban un semblante desencajado y volvió a preguntar:

– ¿Quién quiere café? No, no digáis nada, porque yo misma lo he preparado y, además, con uno de esos deliciosos pastelitos de hojaldre y crema que tanto nos gustan.

Y le dio a cada una de las amigas una taza, personalmente, y un pastelito colocado sobre un plato blanco con filo de plata. Ninguna rechazó el café.

– Os conozco muy bien, y ahora, aunque no se brinde con café, nosotras lo haremos. Vamos, chicas, por nosotras y por nuestra inquebrantable y leal amistad.

Todas bebieron el café que había preparado Roberta.

– ¿Veis? Me ha salido buenísimo ¿verdad? -dijo con una amplia y perversa sonrisa-. Y ahora viene lo mejor. Me explico, el café, brasileño naturalmente, como no podía ser de otra manera, contiene una sustancia altamente tóxica que vosotras habéis ingerido muy a pesar vuestro porque yo, Roberta, lo ha puesto en vuestras asquerosas manos. No hay solución. Moriréis en breve, aunque, eso sí, muy dulcemente. Esa es mi venganza por el vacío que me hicisteis el día de mi gran ascenso. ¿Comprendéis ahora por qué os he dicho que amiga hasta más allá de la muerte? Sois unas zarrapastrosas ratas inmundas a las que hice un favor brindando mi amistad.

Las tres la miraban con cara de terror mientras notaban que las fuerzas las iban abandonando y no atinaban a articular palabra, en tanto que Roberta, sentada en el respaldo del sofá en posición dominante, se reía a grandes carcajadas. En cuestión de un par de minutos todas se encontraban caídas en sus asientos, y la anfitriona, con burla, se acercó a cada una de ellas para comprobar que todo había salido según sus planes.

–¡Estúpidas!, con Roberta no se juega.

UNA LUZ INTERMITENTE

«El hombre honrado es el que mide su derecho por su deber».

HENRI LACORDAIRE

«Los vicios vienen como pasajeros,
nos visitan como huéspedes y se quedan como amos».

CONFUCIO

Era impensable para Raúl que su vida se viese marcada por un hecho como el que vivió el día que llegó a Málaga para pasar unos días de merecido descanso y con la pretensión de vivir alguna experiencia diferente que lo sacase de la vida casi monacal que llevaba en la capital.

Había roto con su pareja por un asunto nada baladí. Se había enterado por terceros que ella lo engañaba con su entrenador personal y eso lo puso en la tesitura de tener que elegir la soledad tranquila o la compañía perversa de una mentirosa y, como es evidente, eligió estar solo con todas sus consecuencias.

Trabajaba en un importante bufete de abogados, una prestigiosa firma que concitaba la envidia de otros despachos de Madrid porque trataba todo tipo de temas debido a la diversidad de especialistas, sin duda los mejores y más afamados del país, que estaban al servicio de aquella potente sociedad.

Acababa de ganar un pleito difícil que le reportaba dividendos a la entidad y mayor prestigio personal a él, que poco a poco se estaba haciendo un nombre dentro del grupo de más de 50 juristas que integraban el despacho.

La preparación del juicio había sido meticulosa, no habiendo escatimado en la búsqueda de todo el articulado y las jurisprudencias sentadas para dar al juez las razones por las cuales su cliente llevaba la razón, por lo que se pedía que se fallase a favor del demandante como parte perjudicada por el hacer poco honroso del demandado. Ante la evidencia, su Señoría dictó sentencia absolutoria a favor de su cliente. El juicio había sido todo un alarde de ingenio jurídico e investigación que pusiera de relieve la poca fe del contrario. Recibió felicitaciones de los compañeros, resaltando la habilidad para llevar el caso, e incluso César Ripoll, el jefazo, perro viejo de la judicatura, alabó el talante equilibrado y convincente de Raúl y le auguró mejores juicios con mejores resultados.

Quedó en tomarse unos días en un hotel de Málaga donde esperaba desconectar durante un breve espacio de tiempo y aprovechar para visitar las cuevas de Nerja, de modo que puso algo de ropa en su maletín y salió de Madrid con dirección a Andalucía. Reservó en el hotel Balcón de Europa y, cuando llegó, lo llevaron a una habitación con unas vistas al mar extraordinarias. Le apetecía descansar, de modo que apagó el móvil y salió a dar una vuelta por la zona. Caminaba tranquilo, aspirando el aroma del mar y dejándose acariciar por el sol que lo inundaba todo dando un colorido singular a los edificios, a la piel de los transeúntes, a las largas melenas de las jovencitas que las dejaban flotar como si de hilos de seda se trataran. Pensaba la suerte que tenían quienes podían vivir de forma permanente en un lugar tan privilegiado y, por un momento, sintió la envidia sana de quien admira, aunque no pueda poseerlo, un trozo de espacio tan especial y cargado de energía.

Deambuló un buen rato ensimismado, dejando que el aire del mar acariciara su piel y mirando sin ver la gente que paseaba llenándose de la misma energía que proporcionaban las olas rompiendo contra la orilla. Había tenido unos días de mil diablos preparando el juicio, pero todo había salido tal y como él deseaba. Por eso, ahora, se sentía satisfecho, intentando tomar fuerzas para el caso siguiente, un homicidio de dudosa intencionalidad que podría ser tachado de asesinato. Pero ahora necesitaba despejarse, no había venido a volver a poner su cabeza a pensar y planificar estrategias. Su misión ahora era relajarse, prepararse física y mentalmente para el caso siguiente.

Antes de volver al hotel se detuvo en un quiosco para tomar una cerveza. Se sentó y se entretuvo mirando a la gente que deambulaba en grupos más o menos grandes hablando con cierta indolencia. ¡Qué perspectiva tan diferente de cuando uno es protagonista de su propia historia y está pendiente de ella, a cuando uno puede hilar la historia del otro viendo desde la distancia e imaginando desde la vivencia propia!

De pronto algo le llamó la atención. Una pareja joven parecía discutir, al principio en plan más íntimo, pero a medida que el desacuerdo era mayor, los gestos de ambos se hicieron más evidentes, así como la actitud agresiva que, de tiempo en tiempo, iba subiendo de tono. Eran gestos con la cabeza, después con las manos y finalmente, como no parecía haber acuerdo, la voz de él subió de tono y la de ella más aún. Ya se percibían los reproches y las palabras soeces dichas con intencionalidad. Ella bajaba a veces la voz y le pedía al chico que hiciera lo mismo, pero él estaba empecinado en sus razones y la mirada de reproche dio paso a la de agresión que se unió a las voces y, después, a las manos que empezaron a golpear la cara de la chica mientras ella subía los brazos para protegerse de los golpes que estaban empezando a llegarle sin parar.

Cuando Raúl se percató de que la discusión había pasado a mayores, ya la gente había hecho un corro en torno a la pareja. Raúl se levantó y en dos pasos se plantó en medio de la pelea y trató de cogerle las manos al muchacho que, al verse agarrado, dio una media vuelta y trató de agredir también a quien lo sujetaba. Al no poder golpearlo, sacó del bolsillo una pistola y amenazó con dispararles si no se alejaban y los dejaban en paz. La gente que se había arremolinado en torno a la pelea se dispersó rápidamente y quedaron frente a frente el agresor y Raúl, con la chica temblando de miedo con los brazos subidos para protegerse de los golpes, que ya no le llegaban.

– Es una tontería lo que estás haciendo, muchacho, tira el arma y no empeores la situación. Ya lo tienes grave por golpear a una mujer, pero si además llevas un arma y me estás apuntando con ella, lo tienes crudo, muchacho -dijo Raúl tratando de tranquilizarlo pues, evidentemente, estaba fuera de sí.

– Y a ti qué te importa lo que yo esté haciendo. Es mi novia y discutíamos, tú te has metido donde no te importa... -contestó arrebatado el chico.

Ciertamente era muy agresivo, pero además estaba claro que se encontraba bajo los efectos de algo que había tomado. El abogado trataba de ganar tiempo para que el chico se relajase, pero era inútil. Cuanto más se percataba de que era dueño de la situación por el arma que portaba, más y más nervioso se ponía y la agresividad subía por momentos.

En un arranque de ira se dirigió a la chica golpeándola con la mano libre:

– Tú, tú tienes la culpa, mira lo que has formado, todo por no darme lo que te pido. Te voy a machacar, zorra, que solo eres una zorra que quieres quedarte con todo... -y la golpeaba con la mano libre y pateaba sin dejar de mirar al hombre al que apuntaba con la pistola.

El abogado hizo intento de acercarse para proteger a la chica, pero la pistola que le apuntaba le impidió moverse. Tampoco quería dejar de mirar al individuo que cada vez estaba más nervioso e iracundo.

– No le pegues, no empeores la situación -trató de convencer al agresor.

– ¡Cállate! Nadie te ha dado vela en este funeral -dijo el chico y, a continuación, se dirigió a la muchacha- y tú, zorra, puta, cabrona, dame lo que es mío, dámelo o te juro que te mato.

– No tengo nada, ya te lo he dicho, no tengo nada, nadie me ha dado nada, ni tengo dinero, te lo juro… -sollozaba la chica mientras hablaba-. No he visto a nadie, nadie me ha dado nada, te lo juro por mis muertos.

– Tus muertos, tus muertos... por mis muertos que te voy a pegar un tiro entre los ojos como me estés mintiendo, hija de puta. ¡Venga, abre ese bolso asqueroso! Y *cuidaíco* con lo que haces, que te pego una hostia que te vuelvo la cabeza al revés.

La chica abrió el bolso y tiró todo sobre el banco en el cual habían estado sentados. El muchacho, con la punta del pie, le dio una patada en el abdomen que la derribó doblada de dolor, sin parar de apuntar al abogado con la pistola.

– Tú, *enteraíllo,* ven aquí y registra entre toda esa mierda que lleva la gilipollas en el bolso, y cuidado con hacer algo que no debas, porque a ti te meto dos tiros en los sesos que te dejo seco en un instante, por meterte donde no te importa, capullo.

Raúl se acercó con cuidado y registró lo que había encima del banco.

– ¿Qué se supone que debo encontrar? -Preguntó, aun sabiendo lo que buscaba. Era un intento de alargar los tiempos para ver si la policía llegaba.

– ¡Mira el listo! Tú ve enseñando cada una de las mierdas que lleva esta inútil en el bolso, que cuando yo vea lo que busco, ya te diré que me lo des.

El abogado hizo lo que le pedía, mostraba todos y cada uno de los objetos que la chica llevaba, pero para desesperación del agresor, no aparecía lo que quería encontrar. De nuevo se empezó a poner más y más nervioso. La chica permanecía encogida en el suelo sollozando, el chico miraba y daba órdenes fuera ya de cualquier control, la gente miraba desde lejos, atemorizada, deseando que llegase la policía a la que ya habían dado aviso.

– Tú, cabrona, dime de una vez dónde has puesto lo que me tenías que traer. No me engañes. Que primero mato a este imbécil y después te mato a ti -amenazó.

– No tengo nada, ya te lo he dicho, por Dios, ¿por qué no me crees? -dijo ella con la cara bañada en lágrimas.

– Dame entonces el dinero -dijo.

– No tengo dinero, no he cobrado aún, ya te lo he dicho -contestó ella casi suplicando.

Raúl permanecía quieto, tratando de no perder los nervios y de controlar el temor que sentía por la clara inestabilidad del muchacho. Estaba, evidentemente, bajo los efectos de la droga, pero no de la dosis que necesitaba, eso se veía a la legua, por lo que calculó que para nada podía contrariarle. Necesitaba pasar desapercibido hasta que viniera la policía, que ya estaba tardando o, al menos, eso le pareció a él.

De pronto, el muchacho reparó que la persona que había intervenido podía llevar dinero y se volvió, olvidando por un momento a la chica que volvió a acurrucarse.

– ¡Vale!, casi te creo, pero tú, pijo de mierda, pareces un chico bien, de modo que me vas a soltar ahora mismo tu cartera con el dinerito. Cuidado con intentar hacer algo que no debas, te estoy apuntando a la cabeza ¿Ok? Veamos cuanto tienes, vamos, dame la cartera pero despacito, que este gatillo es muy sensible y estoy empezando a tener temblores ¿sabes lo que es eso? ¡Claro, claro que lo sabes! Abstinencia, abstinencia... ¿Eh? Es muy malo, muy malo, se pasa muy mal, pero tú eso no lo sabrás porque eres un chico bien, y no te faltará para la raya, ¿verdad cocas?

Raúl tenía ya la cartera en la mano y se la alargaba cuando sonó un disparo.

No llegó a dársela, la policía había disparado a la mano del chico que se revolvía en el suelo presa de dolor y del síndrome. Varios policías acudieron y lo esposaron. La chica fue subida a una ambulancia y el muchacho en otra.

La policía le pidió que testificase y él les mostró su carnet y su identificación como abogado. Quedaron en que pasaría por la comisaría al día siguiente. Ahora no se sentía con fuerzas de nada a pesar de que la gente lo rodeó para felicitarle por su acción.

Lentamente se alejó del grupo y se quedó mirando la luz de la ambulancia, que emitía intermitentemente destellos que anunciaban que algo grave iba dentro.

Y LA ALCUZA SEGUÍA GOTEANDO...

«La injusticia, siempre mala,
es horrible ejercida contra un desdichado».

CONCEPCIÓN ARENAL

«El hombre es impotente frente al hombre :
esta es su más dolorosa miseria».

ROBERT DE LAMENNAIS

La madre, diligente, administraba lo que el pobre marido le traía para poder sobrevivir en una etapa muy dura en la que la hambruna hacía estragos en la población.

El estraperlo era moneda de curso, a falta de otra forma de pago y, aunque estaba perseguida por las autoridades civiles y militares, siempre había un momento en el que se hacía la vista gorda para que las criaturas pequeñas tuviesen ese trozo de pan o ese huevo a repartir como buenos hermanos.

Aquella mañana, apenas el sol despuntaba en el horizonte, el padre, Blas 'el de la Narcisa', se fue al corral y, con sumo cuidado, depositó media docena de huevos en una pequeña cesta de esparto llena de paja. Era una forma habitual de transportar productos delicados que no llegarían enteros a su destino si estuvieran metidos en otro tipo de recipiente.

La madre, Paca 'la del Castillo', con su mandil y el pañuelo en la cabeza, lo siguió con maña y le trajo varias cabezas de ajos secos, unos pocos pimientos coloraos enristrados y un pan en forma de barra hecho con harina de maíz, pero que servía para mitigar el hambre y engañar los rugidos del estómago.

Eran pocos alimentos, pero no tenía más para cambiar por lo que, después de mirarlos con deseo de comerlos, los metió en una saca de tela y luego los guardó dentro de un capazo de esparto que cubrió con varios manojos de alfalfa verde recién cortada para que abultara y lo que llevaba debajo no se viera. Blas se dirigía a la zona de la almazara que había en el norte del municipio, cerca de Santa María de Nieva, con la intención de cambiar las viandas por un poco de aceite de oliva. La mujer sacó de dentro de la cocina una alcuza donde se suponía que vendría el aceite. Sabían que pagaban demasiado por apenas tres cuartillos del líquido de oro que producían las olivas negras de la tierra, pero no importaba, porque podrían freír carne, hacer tortas de aceite y dar algún sabor a los pobres guisos de verduras que podía poner a la mesa.

El marido tomó el recipiente y lo manoseó como si ya lo tuviese lleno. La mujer, más realista, le dio un empujón para que bajase a la realidad y ocultase la alcuza donde tampoco pudiese ser vista si, por casualidad, los guardias lo paraban. Le advirtió que tuviese mucho cuidado al traerlo llena, porque era puro oro y no se podían permitir el lujo de desperdiciar nada. También le dio un paquete envuelto en una agujereada servilleta de cuadros azules donde llevaba una cebolla, un trozo de pan de cebada y una calabaza vacía llena de agua para que lo administrara todo en el viaje, y le advirtió que no se le ocurriera, bajo ningún concepto, tomar nada de lo que llevaba en el fondo del capazo para cambiar por aceite.

El campesino emprendió el camino, la mujer entró en la casa y puso en el fuego un puchero de barro, tiznado de tanto usarlo, con agua y unas flores secas de manzanilla.

Ese solía ser el desayuno familiar. Cuando había hervido, se colaba para que no cayera nada en las tazas y con un cucharón mojado en miel se removía el cocitorio para que tuviese algo de dulzor. Se acompañaba con un trozo de pan de cebada que había que desmigarlo con cuidado para ir quitándole las espiguillas y cascarilla del cereal.

En ocasiones, había discusiones entre los críos, tres chicos y dos chicas, por ver quién tenía el trozo más grande. En esta situación, la madre cortaba por lo sano. Echaba mano del escobón de palma y lo esgrimía en alto como una espada y se acababa la cuestión.

Esta mañana no era distinta. El padre había salido con una encomienda muy especial y delicada. Ella se tenía que dedicar a dar la comida a los pocos animales que tenían y procurar mantenerlos aislados para que nadie supiese que estaban en el cortijo, así evitaban que se los confiscaran.

Tenían un pajar junto a los dormitorios de los niños, con media docena de gallinas y un gallo que, en ocasiones, cuando cantaba al amanecer, los ponía en compromiso. Los tenían aislados por una falsa puerta con un cofre delante para que pareciese que no había nada detrás y que, cada vez que se entraba, debían retirar y, al salir, volver a poner bien.

Algo similar tenían en el dormitorio de las niñas. Lo habían dividido en dos partes. Una pared rústica y una puerta vieja con una cortina delante ocultaban el corral que tenían detrás, donde unos conejos y dos cabras eran alimentados desde el tejado a través de un agujero que habían practicado entre tejas, como si fuera una especie de amplia chimenea que permitía pasar algo de luz del día.

Había, además, un viejo jamelgo que pastaba delante de la casa atado a una estaca de madera clavada en el suelo y con un ramal de esparto trenzado, colocado en una de sus patas para que no huyese. Varios perros que merodeaban por los alrededores avisaban puntualmente si alguien llegaba.

Cerca de la casona, en un paraje llano, la familia tenía plantada la alfalfa y otras plantas forrajeras que vendían, por decir de alguna forma, a otros vecinos a cambio de alimentos que ellos no eran capaces de tener, como tomate frito, mermelada de membrillo, de ciruela, de tomate... y miel.

Estos productos eran caros, por lo que tenía que plantar mucha superficie de dichas plantas forrajeras y, entre ellas, también ponían algunas de patatas, pimientos, lechugas... y, por supuesto, maíz y cebada.

En esta forma de vida de pura subsistencia aprendieron a controlar y administrar lo que poseían y, pese a las carencias propias de la etapa bélica en que estaba metido el país, ellos se sentían menos desafortunados que otros, porque nadie había venido a molestarles.

La mañana transcurrió sin nada digno que resaltar. Los niños buscaron leña y cuidaron de dar la comida a los animales, sacaron agua del pozo y llenaron los dos cántaros de barro que había en la cantarera, dieron agua a los animales, ayudaron a asear la casa, sacaron los excrementos de los animales y los dispersaron por la plantación y baldearon el piso. En fin, todo lo cotidiano. Ya al atardecer salieron a dar golpes a una pelota que la madre había fabricado con retales de tela y rellena de paja. Se entretenían también con el juego del boliche y cuando era noche cerrada, con las mariposas de sebo o el quinqué de gas. Si podían conseguir un litro en alguna gasolinera, se refugiaban para escuchar las historias que su madre solía contarles hasta que llegaba la hora de dormir.

Esa tarde-noche se presentaba de forma parecida a las anteriores, aunque con la incertidumbre del retraso del padre que cuando salía acostumbraba a llegar más temprano.

Oyeron unos ruidos de coches que se acercaban y la madre mandó a los chicos a que entraran en la casa.

Eran unos soldados que venían a pedir comida. La mujer no entendió al principio la finalidad y ofreció el pan, algo de vino de la despensa y algunos tomates, pero el que estaba al mando se carcajeó y le explicó que el ejército necesitaba comida y que venían a llevarse todo lo que fuese comestible, incluido el viejo jumento de la calle.

La pobre mujer empezó a temblar de pensar que descubrieran el escondrijo de los animales y se los requisaran también, y con cara compungida le sacó lo que tenía en la cocina, incluida la saca de harina de maíz, la de cebada, los pimientos que colgaban de la caña… todo. En ese momento apareció su marido, que preguntó qué sucedía. Llevaba aun a la espalda colgado el capazo, y dentro, bien puesta para que no se volcase, la alcuza con el aceite. La mujer lo miró de forma significativa, pero la mirada no pasó desapercibida para el soldado, que dio un empujón al hombre con tanta fuerza que lo derribó y le hizo soltar el capazo.

Entraron los soldados alegres pues, buscando por los alrededores, habían descubierto los escondrijos de los animales. Aunque los niños, tratando de disimular, se habían acostado para que pasaran de largo.

El mandamás se enfadó y mandó a todos colocarse en la pared de la cocina. Hubo lágrimas y ruegos para que no se llevaran sus pocas pertenencias, pero nadie hizo caso. Rápidamente sacaron lo que había escondido y lo cargaron en uno de los camiones. Luego, con tono amenazador, les dijeron que volverían.

Todos lloraban conscientes de lo que suponía quedarse sin nada. La madre se recompuso y colocó los muebles que habían tirado en su sitio. De pronto se percató que se habían dejado el capazo. Corrió a cogerlo y con ahínco buscó la alcuza que estaba volcada en el fondo del capazo y se había ido vaciando lentamente y... aún seguía goteando. De poco serviría ya el aceite que quedaba. Ni una hogaza de pan les habían dejado. De pronto, la madre reaccionó y, explicando la suerte de seguir vivos, propuso ir al amanecer a cazar y buscar con qué alimentarse. Volverían a empezar de nuevo. Sonaron unos golpes en la puerta y el padre con temor abrió la tranca de madera. Era un hombre que pedía poder descansar aunque fuera en la cuadra. Traía una bestia cargada.

Los dueños le explicaron que nada podían ofrecerle para comer, pero sí que podía descansar. Al cabo de un rato el forastero se acercó nuevamente a la casa y traía en la mano un pan de harina de trigo, vino y queso. Lo puso sobre la mesa y procedió a trocearlo. Lo repartió con el beneplácito de la familia que también colocó la alcuza. Con cuidado se pusieron unas gotas de aceite sobre la rebanada de pan de cada uno y un trozo de queso. Supo a gloria la circunstancial cena y cuando el desconocido se despidió por la mañana lo hizo sin ruido, silenciosamente, como había llegado.

– ¡Qué hombre más raro! -dijo uno de los niños mayores.

– ¿Un hombre? -dijo la madre- eso no era un hombre, era un ángel enviado por el Señor para que no se desperdicie ni una gota del aceite de la alcuza que se había quedado goteando.

– Goteaba, sí -dijo el padre pensativo.

– ¿Sucede algo? -preguntó la mujer extrañada de la actitud temosa.

– Sucede, Juana, sucede. Que el aceite era consagrado, que era el de la iglesia -dijo en un tono sereno mientras miraba al cielo- que me quitaron todo lo que me has echado y para no venir con las manos vacías pasé por la ermita de La Concepción y llené la alcuza... eso pasa, que Dios ha sido generoso con esta familia y me ha permitido que tome sus santos óleos aunque sea sin el consentimiento del párroco para poder comer y empezar de nuevo.

– Mira padre, mira madre... -dijo una de las niñas-, la alcuza no se ha gastado, porque sigue goteando.

EN BUSCA DE UN TESORO

«La armonía más dulce de escuchar
es el sonido de la voz del ser amado».

JEAN DE LA BRUYÈRE

«Siempre he creído que si se reformase la educación de la juventud, se conseguiría reforzar el linaje humano».

GOTTFRIED W. VON LEIBNIZ

Borja miraba con detenimiento la cara de la muchacha que se afanaba en descifrar las líneas dibujadas en la roca. Ella parecía no darse cuenta, enfrascada como estaba en el trabajo que tanto amaba. Siempre había querido ser arqueóloga y ahora tenía ante sí el reto de interpretar qué podían significar los símbolos tallados en una roca encontrada en una especie de cueva situada en la ladera de una montaña del sur de la Península Ibérica.

– Estela, mira, creo que debemos buscar la forma de transportar la piedra hasta el laboratorio del museo. Allí hay mejores medios para su análisis e interpretación. El profesor nos ayudará.

– No debemos sacarla de su lugar hasta que no veamos qué más puede haber por la zona -contestó la muchacha levantando los ojos verdes y hermosos.

– Pues mejor aún. Creo que deberíamos cubrirla con un plástico y precintarla para que nadie toque y proseguir la búsqueda de más piezas, aunque mucho me temo que no vamos a encontrar nada más. -dijo Borja con tono de decepción.

– ¿Por qué piensas eso?

– No sabría decírtelo con certeza, es demasiada casualidad que nadie la encontrase antes estando tan superficial, ¿no crees?

– Muchas veces el azar es así. Hay personas que han encontrado auténticas joyas arando su tierra -comentó Estela, negándose a pensar que este hallazgo pudiese ser producto de alguien con mala fe que estuviese jugando con el grupo de investigadores.

En la mente de ambos bullían mil y una ideas acerca de lo que podía suponer encontrarse ante un tesoro arqueológico que le diese relevancia y nombre a la provincia. Un tesoro en forma de símbolos extraños, indescriptibles por el momento, una incógnita que atrajese a los más valorados estudiosos para tratar de saber qué eran y quiénes los habían dibujado.

En silencio se fueron colocando los arneses para pasar las cuerdas de seguridad, el casco con luz y la mochila con los útiles que podían necesitar para excavar llegado el momento. A un gesto afirmativo ambos empezaron a caminar hacia el interior de la irregular oquedad. Eran conscientes de que estaban limitados porque el equipo que llevaban era básico. Este trabajo de exploración deberían hacerlo los espeleólogos, pero, de momento, ellos intentarían hacerse una idea de las características de la cueva.

Caminaban despacio, mirando cada saliente, cada piedra del suelo, pasando la mano por las de mayor superficie, escudriñando con la luz del casco y la linterna cada recoveco.

– Cuidado, Borja, parece que por tu lado la cueva se estrecha y tiene una galería lateral muy baja -alertó Estela.

– La he visto, gracias. Voy a iluminarla para comprobar si se puede entrar en ella y la profundidad que tiene -contestó.

– Eh, eh, cuidado, no metas la cabeza, puede ser hasta un refugio de animales. Haz ruido antes e ilumina para que salga lo que haya dentro.

– Miedosa. Nada vivo podría haber. No se ve el fondo, espera, hay algo, noto aire, la cueva cae hacia abajo, es como una chimenea, pero por más que alumbro, no alcanzo a ver el fondo.

– Déjame ver -dijo Estela con interés-, aparta un poco.

Ambos se tumbaron en el suelo y alumbraron el hueco estrecho y profundo. Sus respiraciones y la emoción del hallazgo les unían cada vez más. Hubo un momento intenso, cargado de sensual excitación que les hizo mirarse a los ojos. Nada más intenso podía suceder que esa mirada que decía mil cosas que sus bocas callaban.

El momento se hizo turbador hasta el extremo que una de las linternas se precipitó al vacío. El sonido chocando contra las paredes de roca y el que se produjo al introducirse en el agua rompió el embrujo y provocó el desencanto en los ojos de Borja. El corazón les seguía latiendo como caballo desbocado.

– Agua, ¿ves?, en el fondo hay agua -dijo ella turbada aún por el momento vivido mientras se levantaba.

– Sí, hay agua y a mucha profundidad... -su voz sonaba ronca, cargada de ansiedad.

Cuando ambos estuvieron de nuevo de pie, frente a frente, sus ojos se buscaron, se miraron recreándose en el mágico instante, diciéndose sin palabra alguna que saliese de su boca todo lo que llenaba su corazón. Era una auténtica declaración de amor, un amor que había crecido a la sombra de la búsqueda infinita de un imaginario mundo de tesoros, de incógnitas e increíbles ficciones que arropaban el mayor de los anhelos del ser humano: encontrar en el otro el paradigma de sí mismo, hallar la fortuna del infinito amor.

Ella la siguió rompiendo el mágico momento. Luego se dirigió a la salida. Borja se levantó y salió también.

Tras acabar de sellar el hallazgo y cubrirlo para disimularlo, ambos se dispusieron a volver al pueblo al que llegaron casi media hora después.

– Hay que dar cuenta de todo. Voy a comentárselo al profesor Martínez. Él nos ayudará para comunicarlo a la Delegación de Cultura. Sería fabuloso poder hacer más trabajos en la zona para sacar a la luz lo que hay -dijo el muchacho.

– Sí, vamos al ayuntamiento para comunicar el hallazgo. Es fundamental evitar que se expolie el yacimiento. Se hace imprescindible una vigilancia policial.

Tras el trámite, cada uno se retiró a su casa. Quedaron en verse cuando hubiesen descansado. Era necesaria una correcta planificación antes de seguir.

Cuando oscurecía sonó el teléfono de Estela.

– Hola, ¿qué tal si nos tomamos una cerveza? -dijo la voz conocida de Borja.

– Si me esperas, voy contigo. Nos vemos en la Plaza Mayor.

– De acuerdo, paso a buscarte. Tengo una sorpresa para ti.

– ¿Sí?, ¿de qué se trata?

– Si te lo digo, dejará de serlo. Vente con el mejor de tus propósitos. Va a ser una bomba -aclaró con su tono jovial de siempre.

– Malo, eres malo, pero no importa, ven a buscarme.

Salió de casa y el coche se encontraba esperándola, subió al mismo y se dirigieron a donde habían decidido. La sorpresa existía porque el profesor de Historia Antigua de la Universidad de Almería, Felipe Suárez, junto con el investigador e historiador de la UNED, Ramón Martínez, se encontraban charlando ante una jarra de cerveza en uno de los emblemáticos bares de la plaza.

Estela se dirigió a ellos alborozada y ellos se levantaron cortésmente mientras la saludaban.

– Qué sorpresa, profesores -dijo- es un honor que vengan a mi pueblo y quiero creer que el hecho se debe a lo que les ha contado Borja. ¿Me equivoco?

– En absoluto, Estela, estamos aquí para acompañaros en el proceso. Vamos a apoyaros porque creemos que este descubrimiento abre la puerta a lo que llevamos años persiguiendo. El valor de nuestros orígenes. Un tesoro que dará voz a la antigüedad en nuestra zona. Enhorabuena por ese hallazgo.

– Mil gracias -contestó ella conteniendo el entusiasmo. Luego, su mirada se volvió hacia Borja-. Eres una gran persona -y la mirada chispeante de él la envolvió en un remanso de paz.

Él posó su mano sobre la de ella y la atrajo hacia sí ante la sonrisa comprensiva de los profesores.

– Eres... eres... -dijo.

– ¿Qué soy, Borja? -preguntó inundándose de un halo de sensualidad.

– El mayor tesoro que he encontrado, mi amor. -La besó. Ella le devolvió el beso.

– Eres el amor de mi vida. Encontré mi tesoro.

LA TAPA DEL AZUCARERO

«La ciencia no nos ha enseñado aún
si la locura es o no lo más sublime de la inteligencia».

EDGAR ALLAN POE

«Es más fácil variar el curso de un río
que el carácter de un hombre».

PROVERBIO CHINO

Soledad se encontraba enfrascada en su trabajo cotidiano en la cocina. Se entretenía poniendo en orden los armarios de vez en cuando y, para hacer más dinámica su tarea, la música sonaba en la radio que tenía sobre el microondas. De pronto sonó la voz odiosa.

– Soledad, Soledad, prepárame una tisana, tengo un terrible dolor de cabeza -oyó decir a la anciana Amalia.

– Voy a prepararlo en un instante, doña Amalia -contestó con amabilidad.

Llevaba varios años ayudando y cuidando de la anciana señora. No se sentía mal porque no tenía excesiva carga de trabajo, pero cada vez notaba su vida como más insulsa y vacía.

Encendió un fuego de la encimera, colocó un cazo con agua y luego echó manzanilla natural, secada por ella misma de la que arrancaba del huerto, para que hirviera unos minutos mientras sacaba de la alacena una taza de fina porcelana donde depositar la tisana.

A la señora le encantaba tomar sus brebajes "como Dios manda", es decir, servidos en bandeja, en su fina taza con su platito, la cucharilla de alpaca, servilleta de tela y el azúcar en su azucarero de cristal fino con asas y cucharilla de plata.

– Soledad, ¿qué le falta a esa manzanilla? -volvió a decir impaciente la anciana Amalia.

– Ya voy, señora, no se impaciente, la aparto ahora mismo del fuego y la dejo reposar unos instantes tapada con una servilleta de tela -contestó con paciencia la buena de Soledad.

La situación se repetía cada día a la misma hora. Era como un ritual. Seguro que no sentía tal dolor de cabeza, pero era la forma que doña Amalia utilizaba para llamar la atención. Se habría echado ya su cabezadita y no quería estar sola.

– Soledad, mujer, ¿es que me quieres matar?, mira que no aguanto y me va a dar algo -apremiaba dejando entrever su irritación.

– ¡Por Dios, señora! -respondía la criada con paciencia fingida-. ¿Cómo voy a querer yo algo así para usted?

La anciana parecía conformarse por unos instantes. La verdad era que siempre había sido algo altanera, aunque muy considerada y generosa con quienes la rodeaban.

Pero desde que su único hijo se había marchado a vivir su vida, la cabeza de doña Amalia fluctuaba entre la realidad y la ensoñación.

No tenía más familia que una sobrina que la visitaba de cuando en cuando y que era la que se echaba a ver para que nada le faltase.

– Soledad, ven aquí inmediatamente, me muero y no vienes -chilló la anciana.

– Ya voy, ya voy, no se altere que le sube la tensión, señora -contestó la buena de Soledad tratando de contenerse ante la intransigente mujer.

Soledad sacó un colador y abocó con parsimonia la manzanilla en la taza. Puso cuidado extremo en que no se cayese ningún resto del cocitorio en el recipiente, pues sabía lo poco que aceptaba doña Amalia cualquier cosa que le supusiese descuido.

– Perversa mujer ¿traes ya lo que te he pedido?, ya verás cuando se lo diga a mi hijo cómo te va a poner de patitas en la calle por incompetente -dijo histérica la anciana.

– No se ponga así, señora, que ya voy de camino -murmuró Soledad a media voz. Luego, en voz muy baja, dijo: ya voy a tener que llamar a don José Ramón para que venga, creo que ya está otra vez malamente.

Don José Ramón, el viejo médico de la familia, era el único que lograba hablar con ella cuando le daban esos ataques de ira. Venía con su maletín, se sentaba a su lado, le hablaba de cosas diversas, le contaba cómo cantaban los pajarillos y después le ponía en la palma de la mano un par de píldoras de Lorazepán y le indicaba con mucha delicadeza que se las tomase.

– Soledad, ¡pécora!, tú tienes la culpa de que me duela tanto la cabeza, tú con tus retrasos que no me traes mis hierbas cuando las necesito. Verás cuando venga mi hijo, te irás a la calle directamente y sin carta de recomendación.

– Señora, no se soliviante, ya estoy aquí con su manzanilla. Mire, ¿ve? Está al punto, como a usted le gusta.

Al rato de atender las indicaciones del doctor, la anciana solía entrar en una situación de relativa calma y lentamente se quedaba dormida. Cuando despertaba, de la crisis parecía no recordar nada y, durante un tiempo, todo volvía a la calma y la vida era relativamente tranquila. Pero eso a Soledad ya no la enriquecía.

– Mentirosa, bruja, tú lo que quieres es que yo desaparezca para poder quedarte con mi hijo -dijo con ojos de odio.

– Doña Amalia, míreme, soy Soledad, ¿no me reconoce? Mire, aquí tiene su taza de manzanilla bien reposadita, la cucharilla, la servilleta de hilo y el azucarero de cristal con asas de plata.

La anciana la miraba como si quisiera fulminarla. No hacía caso de la bandeja que le estaba presentando y gesticulaba iracunda tratando de alcanzar lo que había en ella. Soledad tuvo reflejos y la apartó a tiempo ante el enojo mayor de la señora que, al no poder alcanzarla, tomó su bastón e intentó golpearla.

– Tú eres una intrusa. No eres Soledad ¿qué le has hecho? ¿dónde está mi querida Soledad? ¡Maldita, tú quieres envenenarme! Soledad, Soledad, ayuda, ayuda, ¡socorro! Llama a mi hijo que venga y se lleve de aquí a esta mujer -gritaba furibunda Amalia.

– Tranquila, doña Amalia, tranquila, soy yo, soy Soledad, aquí no hay nadie extraño. Usted ha debido tener un mal sueño o, acaso ahora esté teniendo una pesadilla, despierte, señora, despierte.

La mujer no reaccionaba y Soledad tuvo un mal presentimiento. Se le había ido totalmente el poco juicio que le quedaba. Sin perder un instante llamó al doctor y a la sobrina. La cosa estaba mucho peor que otras veces y doña Amalia presentaba un aspecto terrible con los ojos inyectados en sangre que parecían salírsele de las cuencas.

– Voy a acabar contigo zorra, no me vas a quitar lo que es mío…

– Por todos los santos, señora, que nadie le va a quitar nada, por favor, tranquila, llamo a su doctor y...

Soledad se había dado la vuelta para hacer la llamada telefónica y no se dio cuenta de que un objeto pequeño, pero contundente, golpeaba con tal certeza su sien que la hizo caer inerte al suelo. Una especie de nieve dulce cubrió su cabeza y luego se tiñó de rojo con su sangre. La anciana se había levantado de su sillón, había alcanzado el azucarero de la bandeja y se lo había lanzado con tal acierto que la alcanzó de lleno. Luego, se oyó una risita y, después, la voz de la anciana.

– ¡Vaya, ¡Soledad, mira que caerte con el azucarero en la mano! Te he dicho mil veces que no hables con desconocidos y mucho menos por teléfono. Tú solo tienes que atenderme a mí. Ahora ¿cómo le pongo yo azúcar a la manzanilla si solo tengo la tapa del azucarero?

ÍNDICE GENERAL

Este Libro, Escrito por **Ana Martínez Parra** ,
se Acabó de Imprimir el día 3 de Marzo de 2024,
Coincidiendo con el 356 Aniversario
de la Exención del Villazgo a Huércal-Overa
bajo el Atento Cuidado
de Maestros Impresores
de «Gráficas La Madraza»,
de Albolote (Granada).

Laus Deo